Inkvisitionen
En kriminalgåta

Per-Martin Hedström

Inkvisitionen
En kriminalgåta

Tidigare utgivna böcker:

En norrlänning i Hong Kong 2015
Vykortstavlan 2017
Algoritmen 2019
Tillväxtraketen 2020

© 2022 Per-Martin Hedström
Omslag: Björn, Olle och Per-Martin Hedström
Förlag: BoD – Books on Demand, Stockholm, Sverige
Tryck: BoD – Books on Demand, Norderstedt, Tyskland
ISBN: 978-91-7969-147-9

Författarens kommentarer och tack

För ett år sedan flyttade vi till Skövde. En flytt som skapade ett avbrott i mitt skrivande. I december 2021 blev jag kontaktad av ett företag som ville ge ut mina böcker som ljudböcker vilket gav mig ny energi till att sätta mig framför tangentbordet igen

Även i min fjärde bok om Bror och Eva blandar jag verkliga samhällen och adresser med påhittade orter, byggnader och miljöer. Till exempel så finns byarna Hacklarsbo, Sevdabo, Tubbebo, Hösabo och Köttkulla i verkligheten. Men att det där skulle finnas förfallna industrilokaler är helt och hållet mitt eget hittepå.

Alla personer är mina egna skapelser men vissa egenskaper känns igen från människor i min nära vänkrets.

Polisens arbete är baserat på vad jag läst mig till i andra kriminalromaner och på intet sätt verifierat.

Beskrivningen av arbetet inom de företag som finns med i boken är till stor del hämtade från egna och för mig återberättade erfarenheter. Givetvis något förbättrade för att skapa den underhållning som jag hoppas du ska uppleva boken som.

Jag vill tacka min gode vän Lennart Lövdin och min älskade Mia för deras arbete som lektörer vilket gjort denna bok så mycket bättre.

Mina söner, Björn och Olle, har hjälp till med omslaget.

Stort tack till alla ni som kommit med återkoppling på mina första tre deckare. Det, tillsammans med stödet från min familj, har varit min inspirationskälla.

Jag önskar dig en trevlig läsestund.

Per-Martin Hedström, hösten 2022

Prolog

Att det skulle vara så svårt att skriva ett litet brev hade jag väl aldrig kunnat tro. Men jag ville att allt skulle bli rätt, att budskapet skulle gå fram. Det hade blivit många utkast som förkastats, arbetats om och förkastats igen fram tills idag då jag kände mig nöjd. Skrivaren brummade försynt och ut kom det jag hoppas var mitt slutgiltiga brev. Jag lade utskriften på skrivbordet gick sedan ut i köket och hämtade ytterligare en kopp kaffe för att sedan gå tillbaka och läsa igenom på nytt.

Jag är väl medveten om din yrkeskarriär och de resultat som ditt arbete skapat. Har du själv hållit räkning på alla de människoliv som du raserat och förstört? Om du inte gjort det skulle jag uppmana dig att gå tillbaka i tiden och sammanfatta vad du orsakat.

Jag har förstått att du tillsammans med ett antal kollegor varit uppskattade och framgångsrika konsulter. Konsulter som används som inhyrda legosoldater i organisationer som ville bli av med oönskade medarbetare. Jag undrar om du är stolt över vad du åstadkommit?

Jag skriver till dig för att berätta att du nu själv kommer att utsättas för en granskning. En granskning där DU kommer att få stå till svars för alla de liv du spolierat.

Jag läste igenom flera gånger och var fortsatt mycket nöjd. Anledningen till att jag skrev brevet hade jag, inte varit helt klar över. Det var inte så att de skulle ges en möjlighet att bättra sig utan deras öde var redan bestämt. När jag studerat deras karriär var det mycket tydligt att de fortsatt att agera som legosoldater i företagens tjänst. Att komma in som skarprättare och hjälpa verksamheter bli av med personer som inte passade in. Att de nu, många år senare, skulle ändra sig var väl nästan uteslutet. Men om jag själv skulle dö för en annans hand så hade jag själv gärna vilja veta varför. Om omständigheter inte gav mig möjlighet att berätta det, skulle detta brev förklara vad som väntade. Jo, det var det som var skälet till att jag skrev.

Jag lade ett antal kopior i sina förberedda kuvert. Plasthandskarna slängde jag i papperskorgen. Det fanns en risk att något av breven hamnade hos polisen och jag ville inte lämna några spår efter mig. Jag tog på min ytterrock samt ett par nya handskar och gick iväg mot centrum. Breven åkte ner i den gula postlådan och locket gick igen med en duns. Nu var det gjort, tärningen var kastad.

1

Kindblom & Thorning
Onsdag

Bror hade varit tidigt på kontoret. Han behövde lugn och ro för att städa undan och dokumentera sitt senaste uppdrag. Så fort som kollegorna kom skulle det inte vara lika enkelt att fokusera på den tråkiga slutklämmen på arbetet. Samtidigt var det spännande att se vilken typ av nytt projekt han skulle få. Bror hade arbetat i ett antal år hos Kindblom & Thorning och hade varit huvudprojektledare de senaste åren. Vad han förstod hade kunderna varit mycket nöjda. Han upplevde att han hade ett gott förtroende hos konsultbyråns ledning. Han såg med stor tillförsikt fram emot nästa uppdrag. När han gick ut till pentryt för ytterligare en kopp kaffe stötte han ihop med Birger, en av delägarna till företaget.

"Hej kan du komma in till mig, jag har ett nytt jobb som jag vill prata med dig om."

"Javisst jag kommer nu direkt." Det kändes skönt att något nytt var på gång. Många gånger hade ett nytt jobb redan varit inbokat när han avslutade det som pågick. Men inte den här gången. Det var nu tre veckor sedan det senaste uppdraget blev officiellt avslutat. Under arbetet med slutdokumentationen hade det blivit en lång väntan på vad som skulle komma härnäst. Att det nu var på gång kändes riktigt bra. Inte för att han varit orolig, men det var alltid lika spännande när man stod inför något nytt.

Birger bjöd in Bror att sätta sig ner i soffgruppen som han

hade på sitt kontor. Bror kunde se att han inte var helt bekväm inför det han skulle berätta, vilket var lite oroväckande.

"Jo, som du vet har vi uteslutande arbetat med tekniska projekt. Ett område där vi varit mycket framgångsrika, och där du skapat ett fantastiskt bra resultat. Vi har nu beslutat att starta upp ett nytt område, nämligen organisationsutveckling. Vi vet att det finns en stor efterfrågan inom det området och det betalar dessutom mycket bra. Vi har precis tagit in vårt första kontrakt och har ytterligare ett som ligger nära avslut. Jag skulle vilja att du blir involverad i det projektet."

"Javisst, men jag har ingen direkt erfarenhet från det området" sa Bror och han kände att han inte riktigt kunde uppbåda den entusiasm som han borde. Dessutom var han orolig inför Birgers ordval, involverad. Involverad måste rimligen betyda att någon annan skulle vara ansvarig och spontant kändes det inte så roligt.

"Jo, därför har vi anställt en konsult med lång erfarenhet från det området, Berit Asklund. Hon kommer att bli huvudansvarig för projektet och jag vill att du ska vara med och bistå henne, samt se och lära. Jag förstår om du känner dig besviken men jag vill att du ska sätta dig in i området så att du kan ta egna projekt så snart som möjligt."

"Okej, det blir bra, måste bara smälta det här först" sa Bror som märkte att han hade svårt att dölja sin besvikelse. Samtidigt varför skulle han vara besviken. Han skulle få lära sig något nytt och bredda sin kunskapsbas, det var ju bra. Men att kliva ner och bistå en kollega kändes som ett nedköp.

"Bra, då ska jag hämta Berit så får ni träffas" svarade Birger och lämnade rummet.

Berit visade sig till det yttre vara en ganska grå person. Drygt femtio år, kanske ännu äldre, med gråsprängt hår i en stram knut i nacken. Klädd i en grå kjol och en mörkare kavaj. Bister uppsyn med mungipor som pekade lätt nedåt men med en blick som var superskarp och mycket intensiv. Det här var en person som visste vad hon ville, van att bestämma och inte accepterade något tjafs. Det var i alla fall det första intrycket Bror fick.

"Hej, så det här är junioren som jag ska lära upp" sa hon och nickade avmätt mot Bror. Bror kunde se hur Birger vred sig inombords över hennes nedlåtande sätt. Han tittade vädjande på honom. Ställ inte till med något, närmast skrek hans tysta blick.

"Junior i ålder jämfört med dig kanske, junior när det gäller organisationsutveckling kanske, men inte junior i övrigt. Jag har en gedigen meritlista från mina år på företaget" svarade Bror och mötte hennes isblå ögon utan att vika undan.

"Jaja, vi får väl se. Ska vi möta uppdragsgivarna nu?" sa hon kort och vände sig mot Birger.

Bror kunde se hur Birger suckade. Det här kunde utan tvekan bli ett besvärligt samarbete, det insåg de båda två.

"Javisst, jag fick just ett meddelande om att de väntar i stora konferensrummet."

Bror tittade frågande på Birger som mimade tillbaka *vi pratas vid sedan*.

I konferensrummet satt tre prydligt klädda herrar och väntade. Alla hälsade på varandra och det var uppenbart att besökarna alla var bekanta med Berit sedan tidigare. Dessutom visade det sig att alla tre kom från Danmark och Birger föreslog att mötet till Brors lättnad skulle hållas på engelska.

Birger tackade för förtroendet och presenterade Berit som huvudansvarig för projektet och att Bror skulle bistå henne. Bror blev ombedd att kort berätta om sig själv och de uppdrag han tidigare utfört och han upplevde själv att de var nöjda med vad de hörde. Birger bjöd sedan in Mads Eriksen, trions huvudman, att berätta om uppdraget.

Mads och hans kollegor arbetade på ett riskkapitalbolag som hade en ganska bred inriktning, med många olika verksamheter. Man hade inte som avsikt att detaljstyra de företag man investerade i, men ställde tuffa krav på bolagens utveckling. Bror kände igen ett fåtal av de bolag som fanns i deras portfölj, men de flesta var helt okända för honom.

"Ursäkta, arbetar ni med långsiktiga investeringar eller arbetar ni mer kortsiktigt med att bygga upp värdet och sedan sälja?" undrade Bror.

11

"En intressant frågeställning. Vi investerar i bolag som vi tror oss kunna vidareutveckla. Det är svårt att säga hur lång tid ett sådant utvecklingsarbete tar. Vi blir kvar som ägare fram till att vi ser att vi kan få avkastning på vår insats och söker sedan efter en ny ägare som kan ta över bolaget i förvaltningsfasen. Svarar det på din fråga?"

"Javisst" svarade Bror och kunde se hur både Berit och Birger tittade ogillande på honom. Mads såg inte heller helt bekväm ut. Varför förstod han inte, han tyckte frågan var mycket relevant. Kanske skulle han få reda på mer när mötet var klart. Svaret hade varit tydligt om än snyggt inlindat. Här fanns inget långsiktigt intresse utan man ville bygga nytt bättre värde på kort sikt och sedan sälja. Ofta arbetade sådana bolag på tre till fem års sikt, visste Bror sedan tidigare.

Mads gick över till att berätta om deras förvärv som de ville få hjälp med. Man hade köpt majoriteten av aktierna i Haverborgs. Ett Göteborgsbaserat företag med anor sedan strax efter andra världskriget. Familjen Haverborg hade styrt företaget i mer än sjuttio år och skapat en bra och lönsam verksamhet i Sverige samt en mindre del i de nordiska grannländerna. Men tillväxten hade stannat av och omsättningen hade legat på samma nivå i flera år. Familjen hade ingen naturlig arvinge till företaget och hade beslutat sig för att sälja.

Mads berättade att man framför allt ville expandera i Europa och på så sätt skapa en omsättningstillväxt inom företaget. För att lyckas med det krävdes en förnyelse av organisationen. Företagets personal hade varit väldigt trogen och de flesta hade många anställningsår. Trettio års erfarenhet från en stagnerande verksamhet i Sverige är dock ingen bra grund för tillväxt ut i Europa. En hel del dödkött, som Mads uttryckte det, måste rensas bort och ny fräsch personal måste tas in. En vd hade rekryterats som skulle fokusera på att bygga upp den nya organisationen. Berits och Brors huvudsakliga uppdrag var att rensa bort dödköttet, sa Mads och skrattade till. Berit mötte hans uttalande med ett stort leende. Bror suckade inombords och tittade stint på Birger, som inte vågade möta hans blick.

Mads berättade att man skulle introducera Berit och Bror ute hos företaget imorgon och de skulle då samtidigt få träffa den tillträdande vd:n.

Mötet avslutades och Berit gick i väg tillsammans med de tre danskarna. Bror tog Birger i armen och pekade mot hans kontor. "Kan du förklara dig. Två frågor. Menar du på allvar att jag ska arbeta med den där människan som så uppenbart ser ner på mig? Dessutom är det sådant här vi ska arbeta med, att hjälpa företag göra sig av med dödkött? Hoppas du har en bra förklaring" sa Bror med uppenbart ogillande i rösten och stirrade på Birger.

"Sätt dig ner. Jag håller med om att det finns övrigt att önska när det gäller Berits agerande. Som du kanske förstår är det här en kund som hon tagit med in när hon kom överens om att arbeta med oss. Jag hade uppriktigt ingen aning om att ni i första hand *skulle rensa bort dödkött* som Mads uttryckte sig. Jag ber dig, ge det några veckor. Berit kommer att tina upp när hon inser hur kompetent du är. Dessutom tror jag att ni kommer att vara mycket mer involverade i att bygga den nya organisationen än vad Mads antydde. Jag behöver dig i projektet som en motvikt till Berit, snälla Bror, bit ihop och se tiden an."

"Okej, jag ger det max tre veckor. Blir det ingen bättring till dess får du fixa ett nytt uppdrag åt mig. Om inte kommer jag att hitta en annan arbetsgivare, bara så du vet" sa Bror och reste sig hetsigt upp och lämnade rummet innan Birger han säga något mer.

2

Fredbergsgatan
Onsdag kväll

Idag såg Bror verkligen fram emot att komma hem till sin Eva. Han hade träffat henne i samband med ett uppdrag som var på väg att sluta olyckligt. Bror höll på att bli dränkt och Eva och hennes kollega hade kommit fram i grevens tid för att avstyra mordförsöket. Eva var polis och han hade blivit stormförtjust redan när hon kom ut till företaget där han arbetade i ett polisärende. Han minns fortfarande hennes friska uppenbarelse och var så lycklig att de blivit ett par. Eva hade flyttat in till hans lägenhet när hennes andrahandskontrakt hade sagts upp. De hade även hunnit med att presentera sina föräldrar för varandra i samband med att de byggde till vindsvåningen ovanför lägenheten.

Ikväll skulle Myran och Erik, Brors lillasyster och hennes pojkvän, komma på besök. De hade till allas förtjusning blivit ett par på nytt efter en kortare tids separation. Erik hade fastnat i ett spelberoende och med alla medel försökt dölja sitt problem. Vilket resulterat i att de gått skilda vägar. Myran hade träffat en ny kille men när det sedan tog slut blev de ett par på nytt. Myran hade ringt och ville att de skulle träffas, de hade något att berätta. Alltid lika spännande, både Bror och Eva var mycket nyfikna.

De hade kommit överens om att ses hemma hos Bror och Eva. Eva hade tagit några timmar ledigt för att handla och förbereda besöket.

Att Bror var sur när han kom hem var utom allt tvivel. Han hälsade kort och slängde igen dörren. Eva kom inte ihåg att hon någonsin sett honom så butter och irriterad.

"Vad har hänt, du ser ut som ett åskmoln?" sa Eva och gav honom en puss på kinden.

"Det har hänt en grej på jobbet. Jag berättar sedan. Nu hjälps vi åt att fixa till det sista inför besöket. Du tror väl inte att Myran kan vara med barn?"

"Jag vet inte. Jag har faktiskt ingen aning, men nej det tror jag inte. Det är alldeles för tätt inpå deras separation och återförening. Jag är säker på att hon vill vänta, hinna arbeta några år innan det blir dags. Vi får se när de dyker upp."

De skulle bjuda på Chili Con Carne och varma vitlöksbröd. Bror hade stannat till på ICA och köpt några folköl som skulle passa bra till maten. De dukade upp i köket och sprang sedan upp på övervåningen för att byta om.

Det riktigt strålade om Myran och Erik när de kom in i lägenheten. Deras relation verkade ännu mycket bättre nu efter att de blivit ett par på nytt. Både kamratgänget och föräldrarna hade varit mycket nöjda. Alla hade saknat Erik och den pojkvän som Myran haft under separationen hade inte varit populär hos någon.

"Hej vad roligt att se er, ni verkar vara på mycket gott humör" sa Bror och kramade om sin syster.

"Det är vi, men du ser lite dyster ut, är det något som hänt?"

"Det har hänt en grej på jobbet men vi tar det senare."

Han hade själv trott att han lyckats dölja sin besvikelse, förutom när han precis kom hem. Så var tydligen inte fallet. Men det var klart, Myran hade känt honom hela livet.

"Berätta nu, vad har ni för nyheter?" sa Bror som inte kunde bromsa sin nyfikenhet.

"Vi äter först tycker jag så kan ni berätta när ni känner er mogna för det" sa Eva och bjöd in till det dukade middagsbordet i köket.

Chilin var välsmakande, smakrik men inte överdrivet het. Eva var inte förtjust i jättestark mat. När hon stod för

15

matlagningen blev det alltid en aning mildare än när Bror stod vid spisen. Vitlöksbröden var färdiga frysta bröd som de brukade värma i ugnen, vilka passade utmärk ihop med maten. De pratade runt om sina övriga vänner. Jovana och Olles barn som borde komma om några veckor och om Katrin och Malin som enligt Eva funderade på att adoptera. Men det vara bara ett obekräftat rykte. På fredag skulle man träffas, hela gänget, då kanske man fick reda på lite mer.

"Ni funderar inte på barn?" sa Erik och vände sig mot Bror och Eva. Bägge blev en aning generade och det uteblivna svaret indikerade tydligt att frågan i alla fall varit uppe till diskussion.

"Nej, vi har diskuterat det som ni förstår. Vi känner oss inte riktigt mogna än."

Bror kände en oro inför frågan som Erik ställt. Var det så att de skulle ha barn ändå. Var det därför han tog upp ämnet. Det uppstod en pinsam tystnad vid bordet.

"Nej vi ska inte ha barn. Jag kan se att det är den frågan som snurrar runt hos er. Det ska vi inte" sa Myran och skrattade till.

"Men nu får ni inte hålla oss på halster längre. Vad är det ni ville berätta?" sa Eva och vände sig först mot Myran och sedan mot Erik.

"Det är så att vi ska flytta. Vi ska flytta till Jönköping" sa Myran och lät orden sakta sjunka in. Återigen blev det tyst vid bordet, den här gången mer av förvåning.

"Vi är lite förvånade som ni förstår, berätta mer" sa Bror och vände sig främst till sin syster.

"Jag föreslår att vi dukar av och sätter oss i vardagsrummet, sedan får ni berätta allt" sa Eva och reste sig från matbordet.

Bror gav Eva en beundrande blick, och hon log ömsint tillbaka. Ett smart drag, att låta beskedet sjunka in. Det fanns många frågor och det hade lätt kunnat bli en ifrågasättande ton om de fortsatt direkt vid middagsbordet. Nu fick Bror smälta beskedet en aning medan de dukade av och satte fram tilltugg ute i vardagsrummet. Även om en flytt var Myran och Eriks ensak var det ändå Brors lillasyster. Han minns hur orolig han varit när Myran träffat finanskillen som bodde i Malmö. Att hon skulle flyttat till Malmö hade känts tungt, Jönköping kändes lite lättare. Men ändå, hon hade alltid funnits nära. Myran hade precis avslutat sin psykologexamen och hade ganska nyligen börjat söka jobb. Erik hade sedan många år varit anställd som IT-tekniker hos ett konsultföretag i Göteborg. Att de helt plötsligt skulle bryta upp och flytta till Jönköping, av alla orter, var överraskande.

"Berätta nu allt" sa Eva när de satt sig ner med varsin öl i vardagsrummet.

"Eriks företag har precis beslutat sig för att starta upp ett kontor i Jönköping och han har fått ett erbjudande om att ta över som kontorschef där. De har ett fåtal konsulter på plats redan, men de hanteras via en konsultchef i Göteborg idag. Nu ska de satsa mer på Jönköping och då behöver de en chef på plats. I samma veva var vi hembjudna till Eriks chef tillsammans med några andra. På middagen fick även jag ett jobberbjudande, också i Jönköping. Vi misstänker att det nog inte var så spontant som det var avsett att verka utan en noga planerad middag med ytterligare ett bete för att få oss att flytta. Det känns mycket bra" sa Myran även om Bror anade sig märka att hennes uttalade entusiasm inte riktigt nådde hennes ögon. Han behövde ta ett snack med sin syster.

"Vad ska du jobba med?" frågade Eva och vände sig till Myran.

"Jag ska jobba på fackförbundet Unionen och hjälpa till vid förhandlingar. Man tyckte att en kombination av juridik och psykologi var intressant. Min extrakurs i arbetsrätt för några år sedan betalade sig. Känns jättespännande."

"Hur snart ska detta ske? Hur ska ni bo? Har du berättat för mamma och pappa?" Det fanns många frågor och Bror kunde inte hejda sig, utan orden bara välde fram.

"Oj, här ges ingen möjlighet att berätta i lugn och ro inte" sa Myran och log brett mot sin bror. "Tanken är att vi börjar arbeta i Jönköping om drygt en vecka. Eriks företag håller oss med boende och vi berättar för mamma och pappa på lördag." Tystnaden som följde var talande.

"Ja, så här är det för att ge lite mer detaljer" sa Erik efter att ha harklats sig. "Huvudägaren till mitt företag äger också ett antal fastighetsbolag. De håller oss med en liten möblerad övernattningslägenhet till att börja med. Men de har även ett antal lägenheter som är lediga för uthyrning som vi ska åka och titta på, och vi vill väldigt gärna att ni följer med, förslagsvis nästa helg."

"Det låter helt fantastiskt. Att i dagens ansträngda bostadssituation få en möblerad lya direkt och sedan möjlighet att välja lägenhet. Givetvis följer vi med, hur många ska vi titta på? sa Eva och lutade sig fram entusiastiskt. Bror var förvånansvärt tyst och verkade mer eller mindre chockad. Det blev väldigt mycket på en gång och tidpunkten och lägenheterna som de skulle titta på gjorde allt skrämmande verkligt. Verkligt inom kort.

"Bra, det hade vi räknat med. Vi ska titta på tre lägenheter, kanske ytterligare en. Men hur är det med dig käre bror. Du är ju alldeles förstummad?"

"Ursäkta jag blev bara så överraskad. Jätteroligt för er, vilken fantastisk möjlighet" sa han men märkte samtidigt att han lät aningen reserverad.

"Gaska upp dig nu, så farligt är det inte. Jönköping är bara knappt två timmar bort. Hur var det nu, du hade något att berätta du med" sa Myran.

Bror samlade ihop sig och berättade om sin dag på arbetet. Både om oron inför de kommande arbetsuppgifterna men också om oron för samarbetet med hans nya kollega, Berit.

"Du låter lite deppig. Du verkar ha en förmåga att hamna i knepiga situationer. För några år sedan blev du nästan dränkt, sedan nästan innebränd och nu senast på TaxOpt överfallen i Riga. Men jag upplevde inte att du på något av de uppdragen var så hängig som du verkar nu." kommenterade Erik.

"Det stämmer det du säger, men det här känns jobbigare. Jag vet inte varför."

"Du kanske inte kan acceptera att få en kvinnlig chef för uppdraget?" sa Myran och skickade en ironisk blick mot sin bror.

"Det är det inte alls. Jag känner att det har mer att göra med hur nedvärderande hon behandlat mig och uppdraget att *rensa ut dödkött* som känns jobbigt" sa Bror irriterat.

"Ge det lite tid, det kommer att ordna upp sig, det har bara gått en dag. Dessutom är det spännande att vi kommer att arbeta med nästan samma sak. Du ska rensa ut i personalen och jag ska företräda fackföreningen i diskussioner med sådana som dig" sa Myran och skrattade.

"Det har du rätt i, tänkte inte på det. Vi får se vad som händer nu under veckan och på fredag kväll träffas vi på nytt. Jag misstänker att er flytt till Jönköping blir det primära samtalsämnet både på fredag och lördag kväll."

3

Haverborgs
Torsdag

Bror mådde så där när han kom till Haverborgs kontor på morgonen, Han var inte alls nöjd med det nya uppdrag han fått. Han gillade inte dess natur och han kom inte överens med sin nya kollega som han skulle bistå. Men han hade lovat Birger att ta sig an projektet. Birger hade å sin sida sagt att om han inte trivdes skulle han hitta något annat. Trots det, det kändes inte bra i magen.

Berit var redan på kontoret och satt och pratade med Mads från investeringsbolaget. Bredvid de bägge satt en kvinna, någonstans drygt trettio år trodde Bror. Hon hade en pagefrisyr som inramade ett ganska kantigt ansikte med ögon som satt lite för tätt och en mycket bred mun. Hon tittade upp mot Bror med ett varmt leende, som dock inte riktigt nådde upp till hennes isblå ögon.

"Hej, det här måste vara Bror förstår jag. Jag heter Sandra Höllsand och är tillträdande vd" sa hon och reste sig upp och tog i hand.

"Vad bra, då är vi alla samlade, vi har bokat in ett konferensrum här borta" sa Mads som ledde sällskapet till rummet.

Efter att alla fått presentera sig tog Mads till orda på nytt. Han berättade om företaget, dess produkter samt deras finansiella resultat de senaste fem åren. Företaget hade vuxit varje år om än svagt och visade positivt resultat. Man hade försäljning över hela landet samt en mindre verksamhet i både Norge och Danmark. Företaget sysselsatte cirka 120 personer. En medelålder på strax under femtio år och en ganska jämn könsfördelning.

"Vår målsättning är att vi på två år ska dubblera omsättningen, framför allt genom att utöka vår närvaro i Norge och Danmark samt etablera oss på kontinenten, primärt i Tyskland. Vi har i flera år samarbetat med Sandra inom andra verksamheter vi investerat i och vet att hon kommer ro detta uppdrag i land" sa Mads och bjöd via en gest in Sandra att fortsätta.

"Stort tack för förtroendet. Jag har min bakgrund inom marknadsföring och försäljning. För att skapa den tillväxt som Mads önskar måste vi förstärka inom dessa områden. Jag har ett antal gamla kollegor som jag avser ta in i bolaget som jag arbetat med tidigare. För att göra det möjligt måste vi strukturera om i den befintliga organisationen, och det är där ni kommer in, Berit och Bror. Vi behöver så snart som möjligt komma i mål med en förnyelse av personalstyrkan. Både jag och Mads har tidigare arbetat med Berit så jag lämnar stafettpinnen vidare till dig" sa hon och lämnade över ordet till Berit.

Bror kände sig en aning utanför. Det var uppenbart att man redan innan detta möte diskuterat igenom vad som skulle ske, så han höll inne med de frågor han hade. Han undrade stilla om det var Birger som tvingat in honom hos Berit eller om hon verkligen behövde en resurs till. Det var bara att vänta och se.

"Tack, som ni förstår har jag och Sandra redan haft några inledande diskussioner. Företaget har som sagt drygt etthundra medarbetare och en ganska hög medelålder. Vi tror att vi behöver byta ut cirka 40 personer. Genom att ta in nytt friskt blod kommer det att ge oss både kompetens och kapacitet som behövs för expansionsplanerna. Vissa av de som arbetar här idag tillhör inte de vassaste knivarna i lådan har vi förstått. Vi hade för två veckor sedan en kort information kring våra planer för nuvarande vd:n Valdemar Haverborg samt facket. De är informerade om våra idéer, men känner i dagsläget inte till omfattningen av hur många som berörs. Jag och Bror kommer att arbeta fram en plan för vilka medarbetare som behöver sägas upp medan Sandra kommer att fokusera på de nyrekryteringar som behövs. Vi kommer givetvis att vara behjälpliga där också" sa Berit och öppnade upp för frågor, framför allt från Bror.

För det var uppenbart att han var den enda som inte redan var införstådd med dessa planer.

"Bara några funderingar. Du sa att du skulle ta in gamla kollegor. Det är inte så att du ska ta in 40 gamla kollegor. Att byta ut en tredjedel av all befintlig personal är ganska omfattande. Har vi koll på att det är genomförbart, riskerar vi inte att förlora mycket kunskap?" undrade Bror och upplevde sig samtidigt lite besvärad. Han hörde att han lät som en gnällspik, och det var inte det intryck han ville lämna efter sig.

"Bra frågor. Nej jag ska inte ta in så många gamla kollegor. Det är ett litet gäng om fem personer som jag hoppas kunna attrahera. När det gäller de andra trettiofem handlar det om att rekrytera in yngre personer med rätt profil. Verksamheten inom företaget är ju inte direkt *rocket science*, vi tror inte det är någon större risk att vi tappar kompetens. Det är där ni blir så viktiga. Ni måste hjälpa mig att identifiera de som sitter på viktig kunskap och säkerställa att vi behåller de personerna. Svarar det på dina frågor?" Undrade Sandra och Bror nickade kort till svar.

Mads tackade för sig och lämnade sällskapet. Han skulle iväg till ett annat möte inne i Göteborg. Sandra tog med Bror och Berit och visade rummet de skulle dela på. Själv skulle hon samsas med nuvarande vd:n under några veckor innan han lämnade över permanent. Det knackade på dörren och in kom en äldre man, Valdemar, konstaterade Bror.

"Välkomna, ska bli roligt att få lämna över företaget till kompetenta medarbetare. Jag tänkte få visa runt innan vi går på en gemensam lunch" sa Valdemar och hälsade formellt på Sandra, Berit och Bror. Han var sinnebilden av en direktör. Propert klädd i en kostym av äldre snitt och med en disponentliknande aura kring sig. Även hans förnamn,

Valdemar, förstärkte sinnebilden av den gamla skolans direktör tyckte Bror. Bror bedömde att han troligen var drygt sjuttio år gammal.

Valdemar tog täten och de gick i samlad tropp runt i lokalerna. Han förklarade vad det olika avdelningarna arbetade med. Bror noterade att han var familjär med alla som de träffade. Han kunde alla namn och växlade ofta någon personlig kommentar som visade att han var väl insatt i sina anställdas privata situation. Trots hans familjära yttre fanns en avsevärd respekt för honom hos de anställda, det märktes tydligt. Imponerande att han har så bra koll på nästan alla de mötte. Bror undrade stilla vad han innerst inne kände för de planer de diskuterat alldeles nyligen. Förmodligen visste han inte allt, tänkte Bror. Att han i så fall skulle klara av att gå runt så här samtidigt som han visste att en tredjedel skulle få gå, det trodde inte Bror på. Eller så var han en skicklig skådespelare.

"Ja då har ni fått se vad vi sysslar med. Jag har beställt lunch som vi äter i matsalen. Jag har bjudit med representanter för fackförbunden, hoppas ni inte misstycker" sa Valdemar och visade vägen mot ett större konferensrum där en cateringlunch var uppdukad. Bror anade att varken Berit eller Sandra varit speciellt förtjusta i att träffa facket. Men det fanns ingen möjlighet att ändra på det. Undrar hur länge gamle Haverborg får vara kvar, han försvinner nog ganska omgående konstaterade Bror.

Inne i konferensrummet stod en lång gänglig man. Några år äldre än Bror med ett något bistert utseende men med en vaken och intelligent blick.

"Hej jag heter Per Magnusson och representerar Unionen, tyvärr kunde min kollega inte komma med, ni får träffa henne senare" sa han och hälsade i tur och ordning på Sandra, Berit och Bror. Stämningen blev avvaktande och alla väntade på att någon skulle starta samtalet.

"Ni nämnde för några veckor sedan att ni kommer att förnya organisationen. Har ni kommit vidare i de tankarna? Hur många personer kommer det att beröra, vet ni det?" frågade Per.

"Nej vi har inga mer uppgifter för tillfället. Det kommer att bli Berit och Bror som kommer att arbeta med de frågorna."

"Som ni förstår finns det en oro bland personalen. De nya ägarna har ju ett rykte om att städa ganska hårdhänt och ställa tuffa krav på de företag de investerat i."

"Nu ska vi inte gräva ner oss i eventuella problem. Låt nu Berit och Bror komma igång med sitt uppdrag så tar vi den diskussionen senare. Nu äter vi" avbröt Valdemar och spände ögonen i Per.

Bror insåg att ryktet om de kommande förändringarna redan fanns ute bland personalen, men omfattningen var troligen inte känd. Företaget hade en familjär atmosfär, det var inte uteslutet att fackrepresentanten och kanske till och med Valdemar invigt några förtrogna i planerna, och sedan så var ryktesspridningen igång.

"Du representerar Unionen förstår jag, vilka fler fackförbund finns på arbetsplatsen?" frågade Bror för att få igång ett samtal.

"Unionen organiserar tjänstemännen och Transport de som arbetar inom distribution och lager, Hilda Frid heter Transports representant. Vi finns tillgängliga båda två imorgon för en genomgång av personalen." svarade Per.

"Bra det ser jag fram emot" sa Bror men fick en ilsken blick från Berit. Vad menade hon med det? Skulle han verkligen tackat nej till att träffa representanterna. Bäst att hålla låg profil framöver, verkade inte lätt att hitta rätt i den här relationen.

De bröt upp från lunchen och gick tillbaka till sina kontor.

"Låt mig stå för dialogen i fortsättningen. Något gullegull med facket tänker jag inte ge mig in i" väste Berit till Bror.

"Vaddå gullegull. Ska vi förstå vilka medarbetare som sitter på kärnkompetens måste vi sätta oss in i det, eller har du någon annan idé?"

"Det märks att du är aningen grön. Jag skiter fullständigt i personalen som finns idag. Vårt uppdrag är att så snart som möjligt rensa bort fyrtio personer, därefter kan Sandra ta in nytt färskt blod, glöm inte det."

Det här var så långt ifrån Brors inställning till sitt arbete som man kunde komma. På tidigare uppdrag hade han trivts bra. Visserligen några otäcka incidenter men arbetsuppgifterna hade varit intressanta. Men det här var inte roligt. Han hade en stor knut i magen. Visserligen hade han lovat Birger att arbeta på i tre veckor, men efter den här dagen var han mer eller mindre beredd att ge upp redan nu. Men att ge upp skulle vara ett nederlag, så det var inte aktuellt. Nu skulle han bita ihop resten av dagen och imorgon var det fredag och fest hemma hos Olle och Jovana. Det här skulle han klara av.

4

Göteborg
Fredag eftermiddag

Bror var på väg att möta upp med Eva efter en heldag ute på Haverborgs. Det kändes bättre, men knuten i magen var inte helt borta. Han hade struntat i Berit och träffat fackrepresentanterna. Hon hade vägrat komma med och han hade insett att hans beslut inte lättade upp stämningen. Men om han skulle fortsätta i det här projektet tänkte han vara med på sina egna villkor. Ville Berit byta ut honom fick hon ta upp det med Birger.

För Bror var det viktigt att visa respekt. I en situation där man skulle avskeda personal var det om möjligt ännu viktigare. Det var kunskap som han fått från sin mamma som arbetade som mellanchef ute på Ericsson. Hon hade varit med om både kraftig uppgång och reducering av personalstyrka, flera gånger. Hon hade genom åren delat med sig av sina erfarenheter och Bror hade lyssnat och tagit till sig det mesta, jag faktiskt nästan allt. Ville facken träffas och gå igenom personalen, fanns det inte på kartan att ignorera det.

Både Per och Hilda hade verkat lättade av att han accepterat deras inbjudan. Om de fått samma intryck av Berit som han själv fått, förstod han att de varit oroliga.

De träffades ute vid pentryt, hade tagit med sig var sin kaffe och gått till ett mindre konferensrum. Bror hade noterat Berits vassa blickar. Han hade under torsdagen beslutat sig att inte jamsa med utan arbeta på det sätt han själv ville.

De pratade runt lite allmänt men hade snart kommit tillbaka till jobbet. Han upplevde ändå att samtalstonen varit ledig om än inte hjärtlig.

"Vi har hört att fyrtio personer ska få gå, stämmer det?" hade Per frågat med en intensiv blick.

"Det vet jag inget om" sa Bror och upplevde att han lyckades låta trovärdig. Han var bestört över att den preliminära numerären för nedskärningen var känd.

"Det var din kollega Berit som nämnde det i förbifarten. Du kanske inte är insatt i allt än. Hon och Sandra har redan haft några initiala diskussioner" sa Per och han hade inte längre kunnat dölja sin besvikelse och ilska. Den var uppenbar även för Hilda som hade lagt en lugnande hand på hans arm.

Bror hade i sitt stilla sinne undrat vad Berit höll på med. De hade sagt att omfattningen inte var kommunicerad. Hon verkade livnära sig på kontroll och skrämseltaktik. Innerst inne var han inte förvånad att hon nämnt det.

"Som sagt, jag vet inget om det. Kan vi gå igenom personalstyrkan så jag kan bilda mig en egen uppfattning."

De hade haft med sig färdiga personallistor med ålder, utbildning, anställningsår och kort beskrivning av arbetsuppgifter.

Bror hade framför allt kompletterat med detaljerade frågor kring arbetsuppgifter samt placeringsort för personal som inte satt på kontoret i Göteborg.

Sedan hade diskussionen gått över till de produkter som företaget arbetade med. Det fanns en stor andel gamla produkter som fortfarande användes av vissa kunder. De äldsta var mer än trettio år men fortfarande i drift. Det var uppenbart att företagets support var viktig och att man måste behålla kunskap om dessa äldre prylar. En positiv sida var att man hade omfattande serviceavtal. Man tjänade bra med pengar även på de ålderstigna produkterna.

Han hade avslutat mötet och tagit med sina anteckningar för att prata ihop sig med Berit men fick reda på att hon åkt in till kontoret för att träffa deras chef. Spännande hade Bror tänkt, undrade om hon tänkt manövrera bort honom. Men det fanns inget mer att göra. Bror lämnade tidigt och tog sig in mot centrum.

Haverborgs hade sitt kontor ute vid Krokslätts fabriker, spårvagn nummer fyra tog honom enkelt hela vägen in till centrum. Han skulle möta upp Eva vid centralen och sedan åka direkt ut till Olle och Jovana. Olle var Brors äldsta kompis och de hade hängt ihop sedan gymnasietiden. De hade blivit ännu tajtare när han träffat Jovana och de flyttat till ett radhus ute i Björkekärr Jovana hade sina rötter i Balkan men var född och uppväxt i Sverige.

Han såg fram emot att få träffa sina vänner och lämna tankarna på jobbet en stund.

Eva stod och väntade på honom inne på centralen.

"Hej hur har det gått på jobbet idag. Känns det bättre?" sa hon och pussade honom på kinden.

"Det känns bättre men det är fortfarande inte bra. Jag kan berätta mer sedan. Har du hunnit köpa någon ta-med-present?"

"Redan ordnat" sa hon och höll upp en plastkasse från systemet.

"Hur är det på ditt jobb, något nytt och spännande?"

"Nej inget nytt, allt som vanligt. Nu släpper vi jobbet och åker på fest."

Idag var de först på plats. Olle och Jovana stod och väntade i entrén till deras lilla trevliga radhus. Visserligen var det inte lika inbjudande nu under vintern när man inte kunde sitta utomhus i deras fina trädgård, men det var mysigt inne också. Jovana var riktigt stor nu, barnet borde komma inom två till fyra veckor. De kunde se att hon hade en aning problem med att röra sig och vaggade sakta fram.

"Hej, hur är det med dig. Du verkar ha det lite besvärligt" sa Eva och la handen på hennes bebismage.

"Jag har fått känning av foglossning så här i slutet av graviditeten. Jag är faktiskt sjukskriven sedan i början av veckan. Nu väntar vi bara på att barnet ska komma. Är faktiskt trött på det här nu."

I samma veva kom både Malin, Katrin, Erik och Myran insläntrande tillsammans. De hade gjort sällskap på samma buss. Nu var de åter samlade hela gänget. Malin och Katrin var ett härligt par. Malin var aningen kantig och framfusig. Arbetade som vd för ett byggföretag och var gängets naturliga organisatör, men var mycket varm och empatisk när man lärde känna henne. Katrin var sockersöt och fick ofta rätta till missuppfattningar som nya personer fick baserat på hennes utseende. Hon var ett matematikgeni och arbetade med avancerad forskning.

"Vad bra då är vi alla samlade, kom in och ta en drink och lite tilltugg så sätter vi oss och äter sedan" sa Olle och bjöd in i rummet med en välkomnande gest.

Det hade blivit som rutin att dricka Dry Martini innan maten. En sed som Bror tagit med hemifrån sina föräldrar. Själv blandade han gärna tre fjärdedelar gin och bara en fjärdedel Martini men han visste att Olle föredrog en snällare blandning. Inga problem, när de kom hem till Fredbergsgatan blev det Brors mix. Jovana hade hittat en alkoholfri gin som hon köpt och blandat till en egen drink. Smakade enligt henne okej, men inte lika bra som en riktig.

"Vi har lite nyheter att berätta. Vill ni höra" sa Myran och tog kärleksfullt sin hand i Eriks.

"Vi har också nyheter" sa Malin, "men ni får berätta först."

Myran berättade om deras förestående flytt till Jönköping. Om det nya jobbet för både Erik och henne själv och om boendet de var lovade.

"Men vad roligt och tråkigt på samma gång. Ni har precis hittat tillbaka till varandra och vi såg fram emot att gänget var samlat igen. Men det är ju inte på andra sidan jordklotet, vi får planera in några besök i Jönköping framöver" sa Katrin och lyfte glaset till en skål.

"Tack det ska bli spännande. Bror och Eva ska följa med nästa helg och titta på några lägenheter. Men vad hade ni för nyheter, berätta?"

"Jo, vi har anmält oss till en adoptionskö och hoppas att vi ska bli föräldrar snart, vi med. Vi har haft en diskussion med adoptionscentrum och det ser riktigt lovande ut."

"Grattis, då blir det bara jag och Eva som fortsätter som vanligt. Inga barn och inget nytt boende på gång" sa Bror och höjde glaset till en ny skål.

De satte sig till bords och för ovanlighets skull var det inga maträtter från Balkan denna gång utan det var Olle som stod för maten. Det var vanligare att Jovana stod för menyn och bjöd på spännande och smakrika maträtter. Olle hade lagat till en laxsida i ugn med ett knaprigt täcke av pesto och nötter. Han fick stående ovationer för den goda fisken.

"Hur har det gått för dig på ditt nya uppdrag brorsan? Du var inte direkt överförtjust när vi träffades i veckan. Ni kanske inte vet det men både jag och Bror ska arbeta med samma typ av uppdrag men från olika sidor av bordet. Du kan väl berätta mer?"

Bror berättade om sitt nya uppdrag och sin nya kollega som han inte drog jämt med. Han berättade om sitt beslut att jobba på sitt sätt och han var inte helt säker på att hans nya kollega var speciellt förtjust. Vem vet, han kanske hade ett nytt uppdrag redan på måndag.

"Då är vi tre som sitter i samma typ av situation. Min arbetsgivare ska dra ner och jag kommer troligen att förlora jobbet" sa Jovana.

"Men vad säger du, så kan de väl inte göra?" sa Myran upprört.

"Tyvärr kan de det. De har en konsult inne som arbetar med en neddragningsplan. Man ska dra ner med ett antal personer. Det finns visserligen flera som anställts efter mig men arbetsgivaren har rätt att undanta ett antal personer från turordningen så jag ryker nog."

"Ryker du för att du är gravid?" frågade Myran.

"Kanske, hade jag inte varit gravid hade man inte gjort som man gör. Men jag är inte orolig, jag kan få ett nytt jobb ganska enkelt. Kommer att bli besvärligt att söka jobb med en liten men det kommer att gå bra."

"Hos mitt nya uppdrag tänker man byta ut trettio procent av personalstyrkan mot vad man kallar nytt blod. Hur man ska klara av det med de lagstiftningar som finns vet jag inte. Där är min nya kollega Berit expert. Men som ni förstår är det här inget önskeuppdrag från min sida" sa Bror och skakade på huvudet.

"Men det ska inte vara möjligt. Hur tänker de gå runt turordningsreglerna?" undrade Olle.

"Jag vet inte, Berit har sagt att det inte är ett problem. Jag får se om jag nu blir kvar på uppdraget."

"Lite tråkigt är det allt. Framför allt för dig Jovana men även för Bror som hamnat i en obekväm situation" sa Eva och smekte honom på kinden.

"Ja, visst är det spännande. De borgerliga partierna hävdar att turordningsreglerna måste tas bort för de begränsar företagens möjligheter. Samtidigt säger Berit, som arbetat med liknande situationer i många år, att det inte är ett problem. I alla fall inte inom tjänstemannasektorn. Det finns massor med möjligheter att gå runt lagstiftningen och facken är ofta med på noterna. Säger hon i alla fall."

"I Jönköping kommer det inte att bli på det sättet, det ska jag se till" sa Myran och satte punkt för diskussionen.

Resten av kvällen ägnades åt barnet som var på väg och adoptionen som tydligen också var nära förestående. Bror kände sig nästan utanför men som alltid var det trevligt att träffa gänget och kvällen var mycket lyckad. Även om Jovanas tråkiga besked om jobbet hade lagt en viss sordin på träffen.

5

Göteborg
Lördag eftermiddag

Det hade varit en fin vinterdag, klarblå himmel, några grader kallt. Ett tunt snötäcke hade fallit under natten. Snön reflekterade ljuset och lyste upp hela staden efter en längre tid av jämngrått väder där det verkade som om allt ljus bara absorberades i de regnvåta vägarna. Bror och Eva hade passat på och tagit en lång promenad i det vackra vädret.

Men Bror var inte riktigt närvarande. Hans nya uppdrag värkte som en klump inombords. Det här var hans första riktiga motgång i arbetslivet. Visserligen hade han blivit indragen i tre otäcka incidenter som höll på att sluta illa. På ingen av dessa hade han trots det som hänt upplevt någon motgång. Uppdragen hade varit intressanta och de rafflande avslutningarna hade varit mer av en krydda än något annat. Dessutom hade han träffat Eva under ett av uppdragen, vilket var ovärderligt. Nu var det bara dystert. Han hade svårt att släppa arbetet och känslan påverkade även hans lediga stunder. Han hade funderat mycket på över vad som störde honom och det som värkte mest var att han inte blev respekterad. Berit var en person som han hade svårt att arbeta med och att hon dessutom stod både den nya uppdragsgivaren och den nytillsatta vd:n nära, gjorde att han kände sig rejält utanför. Samtidigt hade han lovat sin chef Birger att ge det ett antal veckor och det löftet ville han inte bryta trots att det var tungt. Ikväll skulle de hem till mamma och pappa på middag och

32

även om Myran och Eriks flyttplaner skulle dominera kvällen hoppades han att han skulle få prata runt om sitt nya jobb. Föräldrarna hade alltid varit hans stora förebild och de hade så mycket att dela med sig av från affärslivet. Kanske skulle han få några tips om hur han skulle hantera situationen.

Men nu var de i centrum för en shoppingrunda efter den uppfriskande promenaden. Både Bror och Eva behövde nya vinterkläder vilket var huvudfokus under rundvandringen i affärerna. Som alltid följde det med lite andra kläder som spontaninköp. Eva hittade en bra kappa men Bror hade inte samma tur utan fick fortsätta leta vid ett annat tillfälle. De hade tagit en kaffe och en stödmacka på ett kafé innan de åkte hemåt för att byta om. Stödmackan var en bra grund för de drinkar som serverades innan maten.

Ombytta hade de sedan tagit bussen ut mot Furuskog och föräldrahemmet. Eva fick inviga sin nya kappa och var mycket nöjd. Bredvid henne blev Bror ännu mer motiverad att snarast hitta en ny ytterrock han med. Hans gamla såg än mer sliten ut bredvid Evas nya fina.

”Har du lyckats släppa jobbet eller går du fortfarande runt och grämer dig?” undrade Eva.

”Märks det så tydligt. Jag har svårt att släppa det helt.”

”Jag har märkt det, men du får inte låta det förstöra en trevlig kväll. Kom ihåg att den här kvällen ska vi låta Myran och Erik få ta den plats de behöver. Samt att vi ska vara stöttande och inte som du varit hela dagen, lite frånvarande.”

”Jag är ledsen, jag lovar att skärpa mig.”

När de kom fram var Myran redan på plats men Erik skulle komma senare. Myran riktigt strålade men var på samma gång reserverad.

”Har du berättat för mamma och pappa?” frågade Bror tyst.

”Nej, jag har inget sagt. Erik ska få vara med, det blir konstigt annars. Har du tid att ses någon gång i veckan? Jag skulle gärna vilja prata med dig enskilt.”

”Javisst, tisdag skulle passa bra. Bör jag vara orolig?”

”Nej inte alls, jag vill bara få prata igenom det hela på tu man hand" sa Myran och kramade mjukt hans arm.

"Vad står ni och mumlar om. Är det något som vi kan få ta del av?" undrade mamma och tittade bort mot sina två älskade ungar.

"Nej, bara lite syskonhemligheter" svarade Myran och skrattade. Eva tittade undrande bort mot Bror men han skakade försynt på huvudet.

Eva och Myran hjälpte till och dukade fram tilltugg och drinkar. I samma veva ringde det på dörren och Erik kom in med andan i halsen.

"Ursäkta att jag blev sen. Har ni hunnit börja?"

"Nej. Nu när ni hittat tillbaka till varandra skulle vi aldrig drömma om att börja utan dig" sa Brors mamma och kramade om Erik. Myrans föräldrar hade tyckt väldigt bra om honom och varit uppriktigt ledsna när de gjort slut. Att de åter blivit ett par var mycket uppskattat.

Till förrätten serverades som vanligt Dry Martini. Idag tillsammans med små smördegsflarn garnerade med päron, grönmögelost och fikonmarmelad. Ett nytt recept som såg fantastiskt ut och smakade minst lika bra.

"Har ni några nyheter att berätta? Det var ett tag sedan vi sågs" undrade Brors pappa. Det blev tyst runt bordet, det verkade inte som om någon ville ta börja så Bror tog till orda.

"Jag har ett nytt uppdrag, annorlunda än mina tidigare. Men det kan vi kan prata om sedan. Men jag anar att Myran och Erik vill berätta något."

Allas blickar vändes mot Myran och Erik och Bror kunde se en viss oro hos sin mamma. Hans inlägg hade blivit fel och gjort det hela mycket mer dramatiskt än vad som var nödvändigt.

"Det är så att jag och Erik ska flytta." sa Myran efter en liten stunds tvekan. "Vi ska flytta till Jönköping" fyllde hon i.

Det blev en kort tystnad runt bordet.

"Men vad roligt, berätta mer" sa mamma och pappa i mun på varandra. Bror visste att föräldrarna aldrig skulle visa något missnöje med några beslut som barnen tog även om han insåg att bägge inte var helt nöjda med det som berättats.

Myran och Erik fick för tredje gången denna vecka berätta om sina nya jobb och det boende som hans företag erbjöd. Bror såg hur nyheten sakta sjönk in hos föräldrarna. Fram tills idag hade både han, systern och föräldrarna funnits nära varandra och haft en tät kontakt genom åren. Visserligen låg inte Jönköping så långt bort men visst skulle det bli en förändring.

"När tänker ni flytta?" undrade pappa.

"Vi flyttar redan om drygt en vecka. Vi åker dit på tisdag och onsdag i nästa vecka för ett första möte med våra nya kollegor. Bror och Eva har lovat hjälpa oss flytta in i den temporära lägenheten nästa helg. Vi ska dessutom titta på några som snart blir lediga som vi kan hyra mer permanent."

"Här går det undan må jag säga. Vad ska du göra på Unionen?" undrade mamma.

"Det är tänkt att jag ska var med vid förhandlingar vid omorganisationer och både hjälpa till vid förhandling och stötta personal som blir uppsagda eller omplacerade. Man tyckte att min kombination av psykologi och min extra kurs i arbetsrätt skulle passa utmärkt. Bror har fått ett nytt uppdrag som nästan är likadant men från andra sidan förhandlingsbordet" sa Myran och Bror kunde se att hon gärna såg att han tog över diskussionen ett tag.

Bror fick på nytt samma vecka berätta om sitt nya uppdrag och om sin nya kollega Berit. Han förklarade att han hade svårt för vad han upplevde som syniskt, när man redan från början bestämt sig för att fasa ut många av den äldre personalstyrkan på företaget.

"Ja fram till idag har du inte stött på några motgångar i ditt yrke. Motgångar kan man också lära av, kom ihåg det?" sa mamma.

"Kanske det, men det känns tungt. Har ni några tips om hur jag ska jobba vidare?"

"Det vet du redan. Som vi alltid sagt måste man visa alla respekt. I en situation där människor dessutom riskerar att förlora sina jobb eller bli omplacerade är det om möjligt ännu viktigare. Jag tycker du ska stå på dig. Ta dig tid och prata med personalen som du planerat trots att din kollega Berit inte gillar det. Du får använda din allra bästa charm för att få med dig henne" sa pappa.

"Jag håller med. Tyvärr är det här inte helt ovanligt. Många företag hanterar den här typen av omorganisationer väldigt okänsligt. Man verkar inte orka med att ta en sansad diskussion utan tar gärna in konsulter som får hålla i yxan. Tyvärr jamsar ofta fackförbunden med och står inte upp för sina medlemmar utan agerar ofta medlöpare till företagen. Här har ni en viktig uppgift, Myran från din sida och Bror från den andra. Jag är inte orolig. Jag känner mig stolt över er bägge och vet att ni kommer att göra skillnad" sa mamma och log.

Därefter blev det en lång diskussion om eventuella möbler som Myran kunde ta med sig. Sin nuvarande etta hyrde hon möblerad, hon stod i princip helt utan möblemang. Erik hade en säng, en soffa och fällbord i köket så där fanns en liten grund. De gick en sväng runt huset och till ett förråd, där föräldrarna hade stuvat undan möbler och grejer som skulle kunna vara bra att ha, någon gång i framtiden.

När de senare på kvällen lämnade föräldrahemmet åkte de åt vart sitt håll när de kom ner till stationen.

"Vad pratade du och Myran om?" undrade Eva när de satt på sin buss hemåt.

"Jag tror bara hon vill prata igenom det hela enskilt. Det är ett ganska stort steg i livet och de har nyligen blivit ett par på nytt. Inget att oroa sig för. Vi ska träffas på tisdag."

6

Kindblom & Thorning
Måndag

Bror hade blivit inkallad till kontoret för ett möte innan han åkte ut till Haverborgs. Birger hade ringt honom under söndagen. Han hade inte velat berätta vad det gällde men Bror var ganska övertygad om att Berit klagat och förmodligen ville få bort honom. Kanske skulle det vara lika bra, då skulle han kunna ta ett annat uppdrag, ett som han var van vid att hantera och skulle slippa både Berit och de nuvarande obehagliga uppgifterna. Han passade på att åka in i god tid, ville gärna vara först på plats. Att komma in till kontoret och mötas upp av Birger och Berit som väntade på honom var inte ett önskat läge.

Som väntat var han där först av alla. Han fick stänga av larmet och tända upp i lokalen samt sätta på kaffebryggaren. Precis när kaffet började rinna ner dök Birger upp.

"Jaha, du är på plats tidigt som vanligt. Ska vi ta en kaffe och gå in till mig?"

Bror hällde upp kaffe i två muggar som han tog med in till Birgers kontor och satte sig ner vid hans lilla konferensbord. Birger var lika obekväm med situationen den här dagen som när han introducerade uppdraget till Bror i förra veckan.

"Hur går det för dig? Ni var ute hos Haverborgs i slutet av förra veckan."

"Lite för tidigt att säga. Vi har bara haft några inledande möten. Jag tycker det går bra, men jag är inte säker på om Berit

37

och Sandra har samma inställning som jag själv."

"Hur kommer det sig?"

"Jag vill gärna visa personalen som finns på Haverborgs respekt även om uppdraget är att verkställa en kraftig neddragning eller omställning. Jag är inte säker på att vare sig Sandra eller Berit bryr sig om det. De har bestämt sig för att avskeda fyrtio personer och ta in *nytt blod* oavsett om företaget förlorar viktig kompetens eller skapar en oreda i organisationen. Att agera på det sättet är inget jag kan ställa upp på. Det kanske inte alls är skälet, de kanske ogillar mig av någon annan anledning. Men att jag inte är populär hos tjejerna är uppenbart."

"Som du säkert förstått har Berit och Sandra arbetat med sådana här omstruktureringar tidigare. Varför kan du inte bara ta ett steg tillbaka och lyssna och lära?"

"När vi pratades vid tidigare ville du att jag skulle vara med i projektet som en motvikt till Berit, eller minns jag fel? Om du har ändrat dig vill jag att du plockar bort mig nu direkt. Du har säkert någon annan som kan gå in och lite fogligare gå i hennes ledband. Personligen är jag övertygad om att det intryck som Berits agerande kommer att ge vårt företag är en begynnande katastrof. Det skulle förstöra mycket av det goda rykte vi byggt upp genom åren" sa Bror med en illa dold underton av ilska i rösten.

Birger hade aldrig fått svar på tal på det sätt som Bror nu gav uttryck för. Bror visste dock att företagets goda rykte var mycket viktigt för honom och hans kompanjon, så han hade kanske sått ett litet frö.

"Förstår jag att du inte tycker man ska göra omstruktureringen. Du vill inte man ska dra ner så mycket som Sandra och Berit skissat på?"

"Det har jag aldrig sagt. Omstruktureringen är förmodligen behövlig för att nå de mål som de nya ägarna satt upp. Jag opponerar mig mot processen för att nå dit. Berit hade redan för några veckor sedan läckt ut hur många personer som skulle bort. Fackrepresentanterna var minst sagt upprörda. Jag föreslog att vi skulle gå igenom personalen i lugn och ro, kartlägga vilka som satt på kritisk kompetens och sedan presentera en omstruktureringsplan. Gör vi inte det, utan bara gör oss av med *de äldsta,* eller *dödköttet,* som Sandra och Berit säger finns det en uppenbar risk att vi tappar viktig kunskap. Jag är inte emot att vi organiserar om, men vi måste göra det på ett sansat sätt och med respekt för de som arbetat där i många år."

"Jag hör vad du säger. Om det är sant och du inte missuppfattat det hela är även jag orolig för vad det kan innebära för vårt företag. Vid nio har jag bokat in ett möte med Berit. Jag föreslår att vi äter lunch tillsammans och kommer överens om hur vi går vidare. Är det okej för dig?"

"Absolut, lycka till. Vi ses vid lunch."

När Bror kom ut i fikahörnan mötte han Berit som stod och väntade. Hon log ett överlägset leende när hon såg hans trumpna min. Samtidigt verkade hon frånvarande och bekymrad vilket han inte sett tidigare.

"Hej du verkar bekymrad, är det något jag kan hjälpa dig med?" sa han med sin allra lenaste och vänligaste röst men utan att vara vare sig sarkastisk eller ironisk. Hoppades han i alla fall.

"Hej, nej det är en privat grej som inträffat. Har inget med jobbet att göra. Jag ska in till Birger nu, vi ses senare."

Bror passade på att gå en sväng ner till centrum, tog en kopp kaffe och spanade efter en vinterrock när affärerna öppnade vid tio. Han hade inte ro i kroppen att sätta sig och arbeta med något. Det skulle bli spännande att se vad diskussionen mellan Birger och Berit skulle resultera i. Han hade ingen tur idag heller. Det fanns inga vinterkläder som han fastnade för och strax före lunch gick han tillbaka till kontoret.

Birger mötte honom och berättade att han pratat ut med Berit och att de var överens om att de gärna ville att Bror skulle vara kvar. Berit hade gett med sig när Birger förklarat att Bror inte var emot omstruktureringen utan bara ville arbeta igenom den på ett annat sätt.

"Var Berit överens om det eller gav du henne inget alternativ?" undrade Bror.

"Den kommentaren svarar jag inte på. Vi är överens om att

du ska vara kvar och Berit accepterar dina idéer om arbetssätt. Nöj dig med det. Jag hade hoppats att hon velat göra oss sällskap på lunch men hon hade något privat ärende, såg faktiskt bekymrad ut. Hon ville att ni skulle ses ute hos Haverborgs vid halv två i eftermiddag."

Birger bjöd på lunch och de hade en trevlig måltid där de noga undvek att på nytt diskutera Berit eller det pågående uppdraget.

Strax efter ett, kom Bror till Haverborgs och letade upp sin arbetsplats. Vid skrivbordet låg nya personallistor. Nu uppdaterade med placeringsort, kompetens och produkter som personerna arbetade med. Han hade fått ett antal produktkataloger från olika år som gick igenom företagets utbud sedan starten direkt efter andra världskriget. De äldsta produkterna måste vara borta från marknaden men han minns att de vid förra mötet nämnt att vissa kunder fortfarande använde rätt ålderstigna prylar. Det här måste han få grepp om. Vilka som fortfarande var i drift där ute som de skulle ha ett supportansvar för.

Berit hade fortfarande inte dykt upp. Han sökte upp Hilda som verkade varit med länge och skulle kunna hjälpa honom identifiera produkter som fortfarande var i bruk och vilka som var helt urfasade från marknaden.

Han fick ett varmt mottagande, skönt att se att han redan skapat en relation. Den skulle han ha mycket nytta av framöver. De satte sig ner och gick igenom katalogerna och Hilda markerade vilka produkter som hon misstänkte fanns kvar ute på marknaden. Till Brors förvåning var det relativt många äldre, i vissa fall riktigt gamla, som fortfarande snurrade där ute. Eftersom man hade serviceavtal på de flesta produkter skulle man behöva hantera dessa. När de var klara med genomgången hade Bror en riktigt bra lista över personal och artiklar som de måste skapa en hanteringsplan för. Hilda hade identifierat ett tiotal produkter som hon var osäker på om de fortfarande användes eller inte. Hon skulle återkomma med uppdaterad information inom kort. Bror upplevde att det här skulle bli en bra bas för den personalgenomgång som han skulle ha med Berit inom kort.

När han kom ut var fortfarande Berit inte på plats. Han såg att han fått ett sms där hon bad om ursäkt och sa att de skulle träffas imorgon. Kors i taket tänkte Bror, Berit ber om ursäkt, hon måste vara svårt sjuk tänkte han och log för sig själv.

7

Polishuset
Tisdag

Eva och Bror hade gått upp tillsammans och tagit bussen in till centrum. Bror bytte till en spårvagn vidare ner mot Mölndal och Krokslätts fabriker medan Eva gick av vid centrum och gick ner till polishuset vid Ernst Fontells plats. Eva såg att Bror fortfarande tyngdes av sitt nya uppdrag. Han var inte sitt vanliga glada jag, utan inåtvänd och grubblande. Nu hade han fått okej på att fortsätta på det vis han själv ville, förhoppningsvis skulle det reda ut sig.

Evas arbete hade de senaste veckorna varit väl enahanda. Fallen som kom in var inget som krävde någon större tankemöda utan var okomplicerade och förövarna lätt identifierbara. Hon saknade den typ av ärenden där hon och Bror träffats. De hade krävt detektivarbete och efterforskningar innan man lyckats identifiera brottslingen. Något mer komplicerat, som hon kunde få sätta tänderna i, hade varit en trevlig omväxling.

Jörgen, hennes kollega sedan ett antal år tillbaka, hade äntligen träffat en tjej och verkade vara på väg att stadga sig. Eva hade bara hälsat på henne som hastigast och de hade flera gånger pratat om att de borde träffas alla fyra, men det hade inte blivit av ännu. Filippa som hon hette var liten och trind, hade stora bruna rådjursögon samt ett glatt ansikte. Vad Eva förstod trivdes de väldigt bra ihop. Hon var arkitekt, vilket till viss del störde

Jörgen. Han kände sig underlägsen, då hon hade en utbildningsnivå som var högre än hans egen. Men Eva hade på skarpen sagt ifrån när han tog upp de funderingarna. Hon hade betonat att han inte protesterat om han haft den högre akademiska utbildningen av de två, vilket gjorde situationen minst sagt löjlig. Det kunde inte vara ett problem idag att tjejen hade en högre utbildning och högre lön. Han hade gett med sig även om Eva anade att det tärde en aning på hans stolthet, eller vad det nu var.

Dagen var ganska lugn och de hann med en lång fika vilket inte hörde till vanligheterna. Eva berättade om Brors dilemma på hans nya uppdrag och Jörgen skrattade när han insåg att Bror hamnat i en situation med en överordnad dam på jobbet.

"Det verkar som om vi bägge har svårt att inordna oss under en kvinna, eller vad tror du?" sa Jörgen och skrattade.

"Menar du att han skulle haft det problemet med mig?"

"Jag vet inte, det vet du bäst själv" sa Jörgen och skrattade retfullt som svar.

Evas telefon ringde och receptionisten sa att hon hade en upprörd man framför sig som ville göra en polisanmälan. Hon hade påpekat att han skulle fylla i en anmälan den vanliga vägen men han stod på sig och ville prata med en kommissarie nu direkt. Efter att ha gått igenom kalendrarna för tillgängliga kommissarier hade hon till slut hittat en lucka hos Eva och frågade om hon kunde komma ner och träffa honom.

"Okej, jag kommer ner med en gång. Det låter som om du behöver få hjälp?"

"Ja det behöver jag, tusen tack att du tar dig tid."

När hon kom ner till receptionen insåg hon direkt vem som hon skulle träffa. Av de tre som väntade var den här mannen märkbart nervös och stirrig. Han gick fram och tillbaka som ett djur i bur. Han var kraftig men inte fet. Ansikten pryddes av ett välansat skägg, ögonen var mörkt bruna bakom ett par kraftiga mörka glasögonbågar. Håret var tunt med begynnande flikar, mörkt brunt, inte ett grått hårstrå. Eva bedömde åldern till knappt sextio.

Receptionisten visade med en gest mot mannen när Eva kom in och när han såg detta kom han fram till Eva och presenterade sig.

"Hej, tack att du tog dig tid. Jag heter Roger Malm och vill anmäla ett dödshot mot mig."

"Hej, jag heter Eva Lind och är kriminalkommissarie. Vi har ett ledigt rum här borta där kan vi gå igenom det här i lugn och ro." Eva såg en lättnadens suck från receptionisten som sände henne en tacksam blick. Hon hade förstått redan på telefonsamtalet att han varit påstridig och aningen besvärlig.

"Låt oss ta ner lite fakta om dig själv först. Namn, adress, familj, vad du arbetar med innan vi går vidare."

Roger berättade att han var gift, hade två nästan vuxna och utflugna barn. Bodde i en villa i Lindome. Han arbetade som managementkonsult främst inriktad på omstruktureringar inom företag.

Eva antecknade hans uppgifter vilket gav henne tid att tänka efter och lugnade ner samtalstonen. Roger var fortfarande väldigt stressad, eller engagerad eller vad man skulle kalla det. Spännande tänkte hon, han arbetar med samma typ av uppdrag som Bror. Det här kan bli intressant.

"Vad har hänt?"

"Jag har tagit emot ett mycket hotfullt brev" sa Roger och lämnade över en plastmapp med ett uppsprättat kuvert och ett brev, "När jag insåg vad det stod la jag ner allt i plastmappen för att underlätta era undersökningar. Det kanske inte var nödvändigt, kanske jag tittar för mycket på deckarserier på tv" sa han och skrattade förläget.

"Nej, det var bra. Får se nu vad som står skrivet" sa Eva och la brevet så att de bägge kunde läsa texten.

Jag är väl medveten om din yrkeskarriär och de resultat som ditt arbete skapat. Har du själv hållit räkning på alla de människoliv som du raserat och förstört? Om du inte gjort det skulle jag uppmana dig att gå tillbaka i tiden och sammanfatta vad du orsakat.

Jag har förstått att du tillsammans med ett antal
kollegor varit uppskattade och framgångsrika
konsulter. Konsulter som används som inhyrda
legosoldater i organisationer som ville bli av med
oönskade medarbetare. Jag undrar om du är stolt över
vad du åstadkommit?

Jag skriver till dig för att berätta att du nu själv
kommer att utsättas för en granskning. En granskning
där DU kommer att få stå till svars för alla de liv du
spolierat.

"Vad menar brevskrivaren med *inhyrda legosoldater?*"

"I nästan hela mitt arbetsliv har jag arbetat med att hjälpa företag med omstruktureringar av personal. I ett sådant arbete går det inte undvika att människor drabbas. Många har förlorat sitt arbete och andra har omplacerats. Men det är på det viset företagsvärlden fungerar. Något annat kan jag inte komma på?" sa Roger och ryckte på axlarna lite urskuldande.

"Finns det några personer som drabbats så mycket att de skulle kunna utgöra en fara för dig?"

"Nej, jag kan inte komma på något. I drygt trettio år har jag arbetat med den här typen av uppgifter. Det personer som fått söka sig andra arbetsuppgifter eller blivit omplacerade är flera hundra. Visst har vissa varit besvikna men det riktar sig oftast mot företaget och inte mot mig som konsult. Jag tycker brevet är mycket otäckt, det kanske du förstår?"

"När fick du det här brevet? Finns det något som hänt i närtid som kan vara orsaken till det här?"

"Jag öppnade brevet nu på morgonen. Jag har varit på en tjänsteresa och kom hem mycket sent igår kväll och gick igenom posten när jag vaknade. Som svar på din andra fråga kan jag inte komma på något i närtid som är exceptionellt. Jag har faktiskt mest ägnat mig åt utbildning i arbetsrätt de senaste åren."

"Vilka uppdrag har du just nu?"

"Jag arbetar med ett företag DuoBit, som tappat en del större kunder och behöver anpassa sin organisation. Men ett ganska smidigt uppdrag. Berör inte många personer och vi kan använda befintlig lagstiftning avseende undantag från LAS. Det finns inga konflikter utan vi verkar vara i mål med både företag och facket."

"Hur länge har det här uppdraget pågått, finns det några andra uppdrag i närtid som har varit besvärliga?"

"Jag har varit på DuoBit i tre veckor. Dessförinnan hade jag i ett drygt år arbetat som utbildare, ett uppdrag där jag inte arbetat med personalomstruktureringar över huvud taget.

"Om något skulle initierat det här måste det vara ditt nuvarande uppdrag eller så är det något annat uppdrag långt bak i tiden. Förstår jag det rätt?"

"Ja det stämmer nog. Men varför skulle man agera på något som ligger långt tillbaka i tiden. Det verkar inte rimligt."

"Jag håller med. Är det möjligt att jag kan komma ut till DuoBit och prata med personalen? Jag tror inte det här är annat än tomma hot men jag vill ändå bilda mig en uppfattning själv ute på arbetsplatsen."

"Javisst, tusen tack. Jag återkommer med när du kan komma på besök."

Eva lämnade Roger och gick tillbaka upp till kontoret. När hon träffade Jörgen tog hon med honom in och återgav mannens historia och visade brevet.

"Tror du verkligen att det är något? Det är bara någon som vill skrämma honom till att ta ett annat beslut i ett pågående uppdrag. Visserligen obehagligt men är det verkligen något vi ska lägga tid på?"

"Det enda som stör mig är att han inte har något känsligt pågående uppdrag som skulle kunna motivera brevet. Påstår han själv i alla fall. Han har dessutom inte arbetat med omstruktureringar på ett tag och det finns inget avslutat uppdrag nära i tiden. Jag tänker åka ut och prata med DuoBit där han arbetar idag, så får vi se. Han lovade att återkomma med när jag kan åka dit. Dessutom ringer företagsnamnet DuoBit bekant. Vet du vad det är för företag?"

"Nej ingen aning. Åk du dit och prata, kanske du kan lägga

undan det där sedan. Jag tror fortfarande inte det är något.

Eva kunde inte riktigt för sig själv motivera varför hon skulle lägga tid på ärendet. Kanske var det så enkelt att hon tyckte det var spännande för att Bror arbetade med ett liknande uppdrag. Samtidigt störde det henne att hon inte kom ihåg varifrån hon kände igen DuoBit.

8

Göteborg
Tisdag kväll

Bror var på väg från en heldag ute på Haverborgs in till centrum för att träffa sin syster. Han satt på spårvagnen och tänkte igenom arbetsdagen. Han hade fått mycket gjort. När Bror hade kommit tillbaka till kontoret på morgonen hade Berit fortfarande inte dykt upp. Strax vid nio fick han på nytt ett sms där hon ursäktade sig och skulle bli hemma sjuk. Det bekymrade inte Bror mycket. Ju mer tid han fick för sig själv att gå igenom personallistorna och den information han fått på måndag eftermiddag, innan han skulle sitta ner med Berit, desto bättre.

Sandra hade tittat in och påpekat att de snarast måste komma fram med ett utkast till en plan. Hon verkade stressad och var vass i tonen. Men inte värre än vid tidigare möten. Eftersom ryktet om neddragningen redan var ute, var varje dag som det fick växa till sig inte bra. Bror hade insett det redan när man berättat att numerären som skulle beröras var känd, Det var av största vikt att arbeta igenom detta så snabbt som möjligt.

Först hade han känt sig aningen handfallen, det var tänkt att Berit skulle leda arbetet och att han skulle vara med och se och lära som Birger uttryckt det. Nu fick han arbeta igenom detta på egen hand så gott det gick.

Det var inom två områden som man i huvudsak skulle förnya personalstyrkan och det var försäljning och kundservice. Inom den kategorin fanns det idag drygt femtio medarbetare. Dessa femtio var placerade på åtta platskontor runt om i landet samt ett i Norge och ett i Danmark. Varje sådant platskontor bestod av minst fyra personer och som mest åtta personer. Sandra hade nämnt att man funderade på att lägga ner de lokala kontoren och centralisera all sådan verksamhet till huvudkontoret. Marknadsföring och försäljning gick alltmer över nätet och lokala representanter som gjorde personliga besök började höra till en svunnen tid. Var det ändå nödvändigt gick det att resa från Göteborg för de allt färre besök som skulle krävas i framtiden.

När Bror gått igenom personallistan var det två kontor som skulle kunna bli ett problem, baserat på att det på dessa fanns personal som satt på unik kunskap om äldre produkter. Det måste man hantera, kontoren var Jönköping och Örebro. Här såg Bror två alternativ. Antingen att man utbildade personal på huvudkontoret som kunde ta över de äldre produkterna eller att man bytte ut de artiklar som berördes och på så sätt inte behövde den kompetensen på sikt. Hur man än valde att göra skulle man behöva behålla dessa kontor under en övergångsperiod. Men det här var bara Brors egna idéer. Han hade ringt upp Berit och undrat om hon hade tid att prata över telefon men hon lovade att komma in under morgondagen så det kunde vänta till på onsdag. Han hade stämt av med Per och Hilda som höll med om att man på dessa kontor hade personal som satt på viktig kompetens som saknade backup någon annanstans.

Strax före tolv hade avgående vd:n kommit förbi och ville bjuda Bror på lunch. Han skulle introducera honom till två medarbetare som han var säker på skulle kunna bli viktiga resurser i den omdaning som var på väg.

Idag hade man gått till en lunchrestaurang i närheten av kontoret. Tillsammans med Valdemar kom två medelålders män som presenterades som Johan och Gustav.

"Jag hoppas du inte misstycker, jag är övertygad om att Johan och Gustav kommer att kunna bistå er i ert arbete. Själv kommer jag att lämna nu redan på fredag men du är alltid välkommen att ringa om du behöver hjälp" sa Valdemar och lämnade över ordet till Johan och Gustav när de satt sig ner med maten.

Johan var drygt fyrtio år, gissade Bror. Han var kortväxt med ett yvigt rödblont hårsvall. Mörka tonade glasögon ramade in ett kantigt ansikte. Glasögonen gjorde att ögonen inte riktigt syntes, vilket störde Bror. Han hälsade kraftfullt och berättade att han arbetat med all typ av verksamhetsutveckling på företaget och hade koll på de flesta IT-systemen. Bror kunde ana en avvaktande hållning även om han gjorde sitt bästa för att dölja den.

Gustav var något äldre, kunde var närmare femtio. Han var lång och smal, nästan flintskallig och med ett avlångt ganska dystert ansikte. Han visade ett mycket tydligare avståndstagande men trots det var Bror övertygad om att han skulle bli lätt att arbeta med när de lärt känna varandra. Han hade arbetat mest med lager och logistik och berättade att han varit med sedan han var bara arton år gammal.

Bror hade berättat kort om sig själv och sin bakgrund. Mycket mer hann man inte med under lunchen utan man bröt upp och gick tillbaka till kontoret. Bror hade beklagat att Valdemar skulle lämna så snart och tackade för möjligheten att kunna ringa och be om hjälp.

Han höll med om Valdemars bedömning att både Johan och Gustav skulle bli värdefulla resurser. Han behöva tid till att arbeta upp en bra relation, men det skulle inte bli några problem, trodde han.

Men nu var han på väg mot en middag med Myran. Lite nyfiken på vad hon ville prata om var han även om han inte misstänkte det skulle vara något stort problem. Han fick vänta och se.

De skulle ses på Beijing 8, en kinesisk restaurang på Magasinsgatan som serverade dumplings. Man vek av från Kungsgatan och gick ner Magasinsgatan förbi Fjällsport därefter kom man fram till ett litet undanskymt torg med ett antal restauranger. Restaurangen hade Eva tipsat om för ungefär en vecka sedan och Bror var nyfiken på att få prova riktiga dumplings.

Myran var redan på plats och hade tagit ett fönsterbord ut mot uteserveringen. Vintervädret tillät inte att man satt ute men till sommaren skulle det vara riktigt trevligt. Mitt i stan men trots det avskilt.

Myran hade redan beställt in två öl. De kramade om varandra och studerade sedan menyn. Det var hans syster som bett om mötet, hon fick börja berätta när hon kände sig redo.

De beställde var sin kockens val med nio dumplings. Kändes som ett säkert kort. När servitrisen gått sin väg uppstod en konstig tystnad med till slut harklade sig Myran.

"Vad tycker du om att vi ska flytta till Jönköping?"

"Det är bra, vad tycker du själv, det är ju det viktigaste?"

"Det känns bra men samtidigt känns det nervöst. Jag har alltid bott här i Göteborg, nära till mamma, pappa och dig. Nu ska jag flytta till en annan stad tillsammans med Erik bara några månader efter att vi blivit ihop på nytt."

Bror valde att sitta tyst, han visste av erfarenhet att det blev bättre om systern fick fortsätta berätta.

"Jag är glad att vi blivit ett par igen. Jag tycker verkligen om Erik, men det sitter fortfarande kvar en liten tagg efter hans.., ja du vet. Det kom väldigt fort, det känns som om vi inte hann hitta tillbaka till varandra fullt ut innan det här erbjudandet dök upp" sa hon och skakade olyckligt på huvudet.

"Har han slutat upp med sitt spelande?"

"Ja det har han men han har några kompisar som ringer då och då och vill få med honom ut. Jag ser att han inte mår bra av att tacka nej, men han vet att de ofta avslutar på Casinot och det vore en katastrof. Jag är stolt över att han är ståndaktig."

"Alla beroenden är svåra att sluta med. Kanske att flytta till Jönköping blir bra för Erik, då kommer han bort från spelkompisarna. Dessutom blir man mycket tajtare när man flyttar ihop. Det vet jag själv. Jag och Eva är mycket mer samspelta nu efter att Eva flyttade in hos mig" sa han och la sin hand över systerns.

"Fungerar det inte kan du alltid flytta tillbaka till Göteborg. Att hela tiden tveka och vara ängslig för att satsa kan döda ett förhållande. Du minns min kompis Helge, han vågade aldrig ta steget och flytta ihop med sin Gunilla och till slut bara dog relationen. Jag tycker du ska satsa helhjärtat. Erik är en bra kille och erbjudandet ni fått är fantastiskt, både jobb och bostad. Att hitta en bostad här i Göteborg är inte lätt, det vet du ju. Dessutom, Jönköping är inte långt bort."

"Tack bäste Bror, jag behövde få höra det du sa. Det känns redan mycket bättre. På söndag åker vi och tittar på lägenheter i Jönköping" sa hon och tog hans hand och log med hela ansiktet.

9

DuoBit
Onsdag

Bror och Eva hade sin vana trogen gjort sällskap in till Göteborgs centrum, varefter Bror fortsatte ner till Krokslätt och Haverborgs. Eva hade tittat in som hastigast på kontoret och var nu nästan framme vid DuoBit. Hon hade lovat att prata med företaget efter Rogers polisanmälan. Trots allt, trodde hon att det bara var ett tomt hot. Men om man nu ville hota måste det finnas något som Roger skulle ändra på och det ville hon ta reda på. Fanns det inget aktuellt missnöje som han påpekat blev faktiskt brevet ännu otäckare. Hon hade ringt och bokat ett möte med företagets vd tillika personalansvarig och var lovad att få prata med några av de anställda. Hon stördes fortfarande av att hon känt igen DuoBit men inte riktigt kunde placera det.

Hon anmälde sig i receptionen och blev ombedd att sitta ner. Inom kort dök företagets vd upp. En kvinna, kanske tio år äldre än Eva, med ett piggt och vaket utseende.

"Hej och välkommen. Roger har berättat om brevet och sin anmälan. Jag är förberedd på vad ditt besök gäller. Lite oroliga är vi faktiskt" sa hon och hälsade med ett fast handslag. De följdes till ett litet konferensrum intill receptionen.

"Ja, som jag nämnde heter jag Eva Lind och är kriminalkommissarie här i Göteborg. Vanligtvis följer vi inte upp så här otydliga hot men jag håller med dig om att brevet var otäckt. Berätta gärna mer om det uppdrag Roger har hos er?"

DuoBit var ett litet företag med knappt tio anställda. Man hade haft en stabil verksamhet men hade nyligen tappat ett antal större kunder och var tvungna att anpassa personalstyrkan. För att orka med omställningen anlitade man Roger som en förstärkning. Han hade varit omtyckt och gjort ett bra intryck. Neddragningen var ganska odramatisk och man hade följt turordningsreglerna med dess möjlighet att undanta två personer vid upprättande av turordningslistan.

"Jag förmodar att ni undantog personer i samband med arbetet. Vilket innebär att någon med längre anställningstid får gå. Stämmer det?"

"Ja det stämmer."

"Har det uppstått något missnöje eller någon konflikt på grund av det? Samt har det i så fall riktats något missnöje mot Roger?"

"Det uppstod en viss irritation märkte jag ute i fikarummet men absolut inte mot Roger. Dessutom har personen som drabbats själv tydligt talat om att hon inte tar illa upp. Hon är gravid och ska strax bli mamma. Vad jag förstår tyckte hon att det var helt okej."

Nu insåg Eva varifrån hon kände igen DuoBit. Det var här som Jovana arbetade. Hon hade nämnt detta i fredags och hon hade tydligt talat om att hon inte såg ett problem kring detta. De skulle hem till Olle och Jovana på lördag, då kunde Eva kolla upp både hur hon såg det och vad Jovana hade för uppfattning om Roger.

"Hur många är det som får gå. Finns de här idag?"

"De är två. Monika är här men Jovana är sjukskriven i slutet på sin graviditet så hon finns inte på kontoret idag."

"Så bara för att jag har förstått det rätt. De uppsagda är givetvis ledsna för att förlora jobbet men ingen visar något starkt missnöje mot företaget eller mot Roger?"

"Nej, jag upplever inte det men du får gärna prata runt och bilda dig en egen uppfattning. Det kan vara så att jag inte får höra allt. Du kan få låna det här rummet om du vill prata enskilt. Vi kan gå runt så presenterar jag dig."

De gick en snabb tur runt i lokalen och Eva berättade vem hon var och att de gärna fick komma in och prata med henne enskilt i konferensrummet som hon lånat. Eva upplevde att det var en avspänd och gemytlig atmosfär och att någon här skulle skickat brevet till Roger var väldigt osannolikt. Men man vet aldrig. Roger var inte på plats men hade lovat att komma in vid elva. Eva skulle hinna prata med honom också innan hon var klar.

De flesta stannade till och pratade en kort stund. Alla hade bara gott att säga om Roger. Några hade uttryckt ett visst missnöje med att man använt undantagen i turordningen och på så sätt avskedat Jovana som var mycket omtyckt. Flera hade påpekat att hon inte hade misstyckt, precis som Eva fått höra förra helgen. Monika hade fått gå i alla fall eftersom hon var sist in, det var bara Jovana som man manövrerat bort med hjälp av turordningsreglerna.

När inga fler knackade på gick Eva ut i fikarummet och väntade in Roger som skulle komma inom kort.

"Som jag sa inne hos dig. Roger har skött det hela mycket bra men jag är fortfarande irriterad på att man slänger ut Jovana bara för att hon är gravid. Att det skulle beror på något annat tror jag inte på. Personligen tycker jag det är, ursäkta språket, ett jävla sätt" sa en av tjejerna nu öppet inför alla andra. Uttalandet möttes av ett instämmande mummel från de allra flesta.

"Nu lugnar vi ner oss. Det är faktiskt så att vi gjort detta på Jovanas begäran. Hon har själv bett om att vi skulle göra det. Jag har diskuterat med henne flera gånger och hon står fast vid att hon tycker det är ett bra beslut" sa vd:n. Ett svar som möttes med viss skepsis kunde Eva se. Skulle vara intressant att följa upp det när hon kom hem till Jovana nästa gång. En liten spricka i den goda stämningen blev det dock och Eva kunde se att det fanns ett mindre gäng som inte var helt överens med företagets officiella hållning i frågan.

Roger dök upp som avtalat strax efter elva. Eva sammanfattade sina samtal och undrade om Roger hade något att lägga till.

"Nej, precis som jag sa när vi träffades sist kan jag inte se att det skulle finns någonting som hänt här som skulle motivera brevet. Det du berättade om Jovana stämmer också, det var faktiskt hon själv som kom med förslaget. Vad jag förstod hade hon en längre tid funderat på att hitta ett annat jobb och kände att det här skulle bli en bra brytpunkt. Hon kommer att få hjälp av trygghetsrådet i samband med uppsägningen, det finns ingen dold konflikt eller missnöje kring detta" sa Roger och ryckte på axlarna.

"Situationen oroar mig en aning. Normalt sett skickar man hotbrev för att man hoppas att hotet ska få någon att ändra på något man håller på med. Vad jag förstår finns inget här som du skulle kunna påverka, annat än att ta bort varslet för den här Jovana. Stämmer inte det?"

"Nej, jag håller med. Precis av det skälet tycker jag brevet är mycket obehagligt."

"Antingen är det bara ett mycket dåligt skämt annars måste det finnas något längre tillbaka i tiden som detta syftar på. Har du funderat på vad det skulle kunna vara?"

"Nej, som jag nämnde har jag genom åren varit inblandad i många förändringar där personal blivit omplacerad och förlorat sina jobb. Varför skulle det resultera i det här hotet just nu? Hade det inte varit rimligare att det inträffat i samband med omorganisationen?" sa han och visade tydligt att han upplevde detta som mycket obehagligt.

"Jag håller med. Så ursäkta att jag upprepar mig med kan du inte komma ihåg någon speciell incident i det förflutna som skulle kunna vara orsaken till detta?"

"Nej, det gör jag inte" sa han efter att ha tvekat en aning. Lite för länge och Eva anade att det fanns något som han inte ville berätta om.

"Ja då kommer vi inte vidare just nu. Ring mig om du kommer på något du vill berätta om eller om något annat inträffar" sa Eva och räckte över sitt visitkort. Hon kunde se att han anade att hon misstänkte att han inte berättat allt, vilket var bra. Kanske skulle han komma på bättre tankar eller kanske Eva misstog sig.

"Jag kan inte få någon form av beskydd?"

"Nej tyvärr inte. Visserligen var brevet otäckt, men det räcker inte. Hade det kommit fram någon form av hotbild under samtalet här idag hade vi kanske kunnat göra något. Men du verkar vara mycket omtyckt här på DuoBit och jag upplever att missnöjet med Jovana är mer riktat mot företagets ledning. Sköt om dig och hör av dig om det händer något mer" sa Eva och lämnade företaget.

10

Haverborgs
Onsdag

Bror tyckte att han var tidigt ute men när han kom till kontoret satt redan Sandra och Berit med sina huvuden tätt ihop inne på hennes rum. När de fick syn på Bror vinkade de in honom.

"Hej, mår du bättre idag?" undrade Bror och vände sig till Berit.

"Ja, inget du behöver bry dig om" snäste hon av.

"Ursäkta, jag bara undrade" sa Bror och insåg att det här skulle bli ännu en knepig dag.

Sandra såg hans besvärade min och markerade lugnande mot honom. Hon var van vid Berit, tänkte han. Tveksamt om han själv någonsin skulle bli det.

"Vi har tagit fram en plan för omorganisationen. Vi presenterar den imorgon."

"Jaha, ska vi inte titta på uppgifterna jag fått fram de senaste dagarna?" frågade Bror.

"Det tycker jag inte är nödvändigt. Vi har åtta kontor utanför Göteborg med femtio anställda. Vi lägger ner kontoren och erbjuder de anställda omplacering till Göteborg. Några kanske kommer med men de flesta kommer nog att sluta, vilket är precis vad vi vill. Vi har dessutom ett antal anställda inom kontorsservice som vi tänker lägga ut på en underentreprenad. Vissa får säkert anställning hos den nya leverantören men vi slipper hantera den personalen framöver."

"Jag måste protestera. Jag är säker på att vi skulle vinna på att gå igenom de personallistor och kompetensprofiler jag fått fram. Det finns ett antal nyckelpersoner som vi bör säkerställa att vi kan få med oss, då de sitter på unik kompetens om några äldre produkter som finns i drift. Jag känner att vi dessutom behöver motivera vårt beslut om vi ska få med oss personalen" sa Bror men upplevde att ingen lyssnade.

"Nu är det jag som är ansvarig för det här projektet. Om jag minns det rätt skulle du vara med och se och lära. Var det inte så Birger sa. Något jävla pjoskande har vi inte tid med" snäste Berit av med igen och Bror kunde se att hon var ur balans. Vad nu detta betydde, han upplevde i och för sig att hon var ur balans hela tiden, men det här var mer än vanligt.

"Jag vill avsluta det här projektet så fort som möjligt. Det kommer inte att bli möjligt om vi ska gå igenom all personal och ta hänsyn" nästan skrek Berit. Bror kunde se att Sandra var överraskad och förvånad.

"Nu lugnar vi ner oss. Jag tycker vi ska ta och lyssna på Bror och de uppgifter som han fått fram. Det är aldrig fel att vi är pålästa när vi ska träffa facket och presentera omorganisationen imorgon" sa Sandra och bjöd in Bror att sätta sig ner. Att Berit inte var med på noterna var uppenbart. Var detta en liten spricka mellan Sandra och Berit undrade Bror stilla?

Bror gick och hämtade sina uppgifter och de samlades sedan alla tre i ett konferensrum. I stort avvek inte Brors uppgifter mycket från den grova plan som Berit presenterade. Många av de som satt ute på kontoren hade många anställningsår och därmed också sex månaders uppsägning. Berit ville stänga kontoren omgående. Bror argumenterade för att låta kontoren vara kvar uppsägningstiden ut. Personalkostnaden hade man kvar ändå och de flesta kontor hade hyreskontrakt som löpte ännu länge än sex månader. Berit hade argumenterat för att nedstängning snabbt var effektivare. Det skickade rätt budskap ut i organisationen och skapade inga falska förhoppningar om att kontoren skulle få vara kvar ändå.

"Jag vill att vi arbetar igenom det här i lugn och ro med Brors fakta på bordet. I stort är vi överens men vi måste sälja in det tuffa budskapet för att inte få alla emot oss" sa Sandra. Bror blev positivt överraskad, det verkade som om Sandra var på väg att överge sin tuffa attityd. Han kände att han började få gehör för sina idéer hos henne.

"Jag orkar inte med det här. Ni kommer bara att förlänga uppdraget vilket jag inte finner lämpligt. Jag känner mig faktiskt inte riktigt kry än, jag går hem så får ni hantera detta själva" sa Berit och reste sig vresigt upp och lämnade kontoret.

"Jag förstår ingenting, vad var det där för utbrott?" frågade Sandra och vände sig mot Bror.

"Nej, inte jag heller. Men jag upplevde att Berit var bekymrad över något redan i måndags. Sedan var hon sjuk både måndag eftermiddag och igår. Kan ju vara något privat som stör, men jag bara gissar" sa Bror och skakade på huvudet.

"Du kanske har rätt. Jag känner inte riktigt igen henne och det här att hon vill avsluta projektet så fort som möjligt känns konstigt. Jag hade förväntat mig att ni skulle hjälpa till och bygga upp vår nya organisation också. I de projekt där jag arbetat med Berit har hon alltid varit en mästare i att utöka omfattningen av det pågående uppdraget, att hon nu vill avsluta det så fort som möjligt känns märkligt. Om vi släpper Berit en stund, hur känner du inför att jobba vidare på egen hand med mitt stöd?"

"Om jag får göra det på mitt sätt gör jag det gärna, även om det är ett obekvämt uppdrag, att säga upp personal menar jag."

"Bra då säger vi så. Jag ska se om jag får tag på Berit innan hon går hem. Jag har några ärenden jag måste beta av. Vi kan ses vid lunch och jobba igenom detta i eftermiddag. Blir det bra?"

"Utmärkt, vi ses vid lunch."

Berits beteende var ytterst märkligt. Det var precis som Sandra sagt att hon nästan försökte forcera fram ett avslut vilket gick tvärs emot alla principer för ett konsultuppdrag. Kändes nästan som om hon till varje pris inte ville vara kvar på Haverborgs. Det skulle inte bli enkelt att lista ut varför. Berit var inte direkt den som bjöd in till att dela med sig av privata bekymmer, om det nu var det som låg bakom. Men det som kändes positivt var den förbättrade relationen till Sandra. Den skulle bli viktig framöver kände han.

Bror satte sig ner och arbetade vidare på en egen plan. I stort gick den ut på samma idé att lägga ner kontoren utanför Göteborg men Bror tänkte argumentera mot Sandra att förlänga uppsägningen, framför allt i Jönköping och Örebro. Där fanns det behov av att arbeta bort några äldre produkter från marknaden och för att lyckas med det behövdes mera tid än en normal uppsägning. Nu gällde det att sälja in idén till Sandra. Det var hon som bestämde. Om Berit gillade upplägget eller inte struntade han högaktningsfullt i.

Bror hann med en kortare avstämning med Birger om Berits sjukskrivning. Birger hade också noterat att hon var störd över något på mötet i måndags och att hon sjukskrivit sig. Han tyckte att Bror skulle strunta i hennes utbrott, det var något privat som tryckte. Han skulle ringa upp henne och prata med henne senare under eftermiddagen.

Strax före lunch mötte Sandra upp och hon föreslog att de skulle åka till en lunchrestaurang där det kunde få prata ostört. Hon föreslog Hovås Kallbadhus vilket Bror hört talas om men aldrig besökt.

Det blev en förvånansvärt trevlig lunch, tyckte Bror. När Mads och Berit inte var med var Sandra mycket mer avslappnad och de pratade runt om allt möjligt både arbetsrelaterat och privat. Han fick ett helt annat intryck av henne än den hårda vd som Mads och Berit presenterat henne som. När hon skrattade och log var hon dessutom riktigt snygg. Bror kom ihåg ett gammalt talesätt *Allt klär en skönhet och inget missklär en ful.* En variant av den skulle kanske vara *Ett leende gör alla vackra, en sur min gör även en skönhet ful* eller något åt det hållet. Om hon kunde fortsätta att bjuda på sig själv och släppa den här översittarattityden som hon visat tillsammans med Berit och Mads skulle hon bli en mycket bra vd, tänkte han.

Under eftermiddagen gick de igenom Brors idéer kring

omstruktureringen. Han fick bra gehör för sina planer på att förlänga uppsägningstiden på vissa kontor. Det fanns flera fördelar. Ett antal gamla trotjänare inom företaget skulle då hinna arbeta fram till pension och inte behöva avsluta sin karriär inom bolaget som avskedade. Dessutom skulle ett speciellt projekt tillsättas för att avsluta ett antal äldre produkter ute på marknaden som skulle ersättas med nyare. Detta möjliggjorde att man kunde undvika att utbilda nya personer på dessa gamla produkter vilket skulle underlätta stort. Sandra gick med på att några äldre medarbetare skulle få avtalspension trots att de inte riktigt hade åldern inne, vilket också var en snygg gest i samband med övriga ganska tråkiga besked. Bror tyckte att han hade lyckats bra och insåg att det här hade aldrig blivit av om inte Berit gått hem och lämnat över allt till honom. Nu var det ändå bara plåster på såren. Ett stort antal medarbetare skulle bli av med sina arbeten och att lämna det beskedet nästa arbetsdag var inget han såg fram emot. Nu var det ju inte han som skulle informera utan Sandra, men han skulle med all säkerhet vara tvungen att vara med.

11

Göteborg
Onsdag kväll

Bror och Eva hade kommit överens om att träffas på stan. Bror skulle göra ett förnyat försök att få fatt i en vinterjacka och Eva ville titta på några nya ljusstakar. De strålade samman vid Nordstan för att gå vidare i sin shoppingjakt. Efter att sprungit ut och in ur en mängd olika butiker hade Bror till slut hittat sin nya vinterrock och Eva hade hittat ett par ljusstakar som nästan var de hon letat efter. De bestämde sig för att äta ute och gick vidare Kungsgatan upp mot Otterhällan för en asiatisk restaurang, Super Rullband, som Olle rekommenderat.

Restaurangen erbjöd både kinesisk och japansk mat. Det fanns ett rullband som gick mellan alla bord där det på rullbandet hela tiden dök upp nya Sushi-rätter samt en stationär buffé med traditionell kinesisk mat. Bror såg ett antal bord med asiatiska besökare, en indikation på att det kunde vara ett bra ställe. De beställde buffén inklusive rullbandet. Det var rullbandet som var det speciella med stället, det fanns egentligen inget att välja på, inte den här första gången. De tog var sin stor stark och hittade ett bord som var avskilt från de övriga gästerna.

De hämtade wasabikräm och soja från buffén och satte sig sedan ner och studerade de olika shusirätterna som kom rullande i strid ström på rullbandet. Bror norpade till sig ett antal laxknyten som var hans favorit och Eva tog bläckfisk och några vegetariska knyten. Rullbandet var en rolig detalj, enligt Olle var det här ganska vanligt borta i Asien men varken Eva eller Bror hade sett något liknande här hemma i Sverige tidigare.

"Men innan vi pratar jobb måste vi prata om inflyttningen av min mamma och pappa i lägenheten i Partille. Jag fick just besked om att flyttbilen kommer en vecka tidigare och dyker upp nu redan på tisdag. Hur ser det ut för dig då?" frågade Eva.

"Det går bra, men behövs vi alls, flyttfirman hanterar väl det mesta."

"Jo, men jag misstänker att mamma och pappa vill att vi kommer förbi på eftermiddagen eller i alla fall på kvällen. Förmodligen behöver vi inte hjälpa till, men vem vet" sa Eva och ryckte på axlarna.

"Spännande, kommer de ner några dagar innan och var bor de i så fall?"

"De kör bil ner till Skara på måndag och sover över på hotellet vid Jula. Pappa ville besöka original-Jula, de har en outlet också som han var nyfiken på. Sedan åker de ner till Partille på tisdag morgon. Vi ska träffas vid lägenheten. Flyttlasset kommer strax efter lunch. Vi kan åka dit direkt efter jobbet, om det fungerar för dig."

"Javisst det blir jätteskoj. Har nästan glömt bort att de skulle flytta ner redan nu."

Evas föräldrar hade i samband med att hennes pappa blivit sjuk beslutat sig för att lämna Borlänge och flytta ner till Göteborg för att vara nära sin dotter. I samband med att Bror och Eva byggt till sin lägenhet hade de tillsammans med Brors föräldrar hjälpt till med renoveringen, Föräldraparen hade blivit goda vänner vilket bidragit till deras beslut att lämna Borlänge där de bott i alla år.

"Jag förstår det, du har varit väldigt inne i dig själv senaste tiden. Ditt nya uppdrag påverkar dig mer än du tror, eller hur?"

"Ja, du har rätt. Det är inte det roligaste uppdrag jag haft. Imorgon ska jag informera om att trettioåtta personer blir uppsagda. Känns mycket obekvämt."

"Men skulle inte den där Berit hantera det?"

"Nej, hon gick hem och har varit sjukskriven sedan måndag

eftermiddag. Hon gjorde ett kort inspel nu på morgonen men lackade ur när jag inte gick med på hennes hårda tag och gick hem igen."

"Vad menar du, på vilket sätt är hon sjuk?"

"Jag vet inte riktigt. Hon är inte en person som delar med sig direkt. Jag upplever att hon är rädd och ängslig för något. Hon ville till varje pris avsluta uppdraget så fort som möjligt vilket är mycket konstigt. Hela idén med det vi sysslar med är att bita sig fast och förlänga pågående arbete. Hon vill tydligen inte vara kvar ute på Haverborgs" sa Bror och skakade uppgivet på axlarna.

"Men hur känns det för dig? Klarar du av uppdraget utan hennes stöd?"

"Jag är faktiskt nöjd med att Berit inte lagt sig i. Utan henne har jag fått lägga upp det här på ett sätt som jag trivs bättre med. Fast trots det, i ärlighetens namn, är jag väldigt nervös inför imorgon. Men det är som alla säger *det som inte dödar dig stärker dig* eller något sådant."

"Men det är bolagets vd som officiellt lämnar beskedet. Du är bara med som konsult, eller hur?"

"Jo, jag hade ett bra snack med Sandra idag. Även där har jag faktiskt byggt upp en bättre relation än vad som hade varit möjligt om Berit varit kvar. Hon är tuff men resonabel. Vi kommer att göra det här tillsammans, ska nog gå bra. Hur har din dag varit?"

"Jag har varit ute hos Jovanas arbetsplats idag."

"Men Jovana var väl sjukskriven, varför var du där?"

Eva berättade om konsulten som kommit in till polisen och visat upp sitt hotbrev i tisdags och idag hade hon varit ute på arbetsplatsen och pratat runt.

"Men det har inget med Jovana att göra, eller?"

"Bara delvis. Konsulten har samma typ av uppdrag som det du har. Han skulle hjälpa företaget med en personalneddragning och det är den som gör att Jovana förlorar jobbet. Det berättade hon i fredags."

"Spännande att vi arbetar med samma typ av ärenden. Fanns

det någon konflikt ute på arbetsplatsen?"

"Nej det gjorde det inte. Roger, konsulten, var mycket omtyckt och alla tyckte han gjort ett bra jobb. Det fanns inget i uppdraget som kunde motivera det ganska otrevliga hotbrevet. Det är otäckt tycker jag. Om man vill hota någon är det ofta för att man vill att personen i fråga ska ändra sig eller sluta göra något, han håller på med. Men det finns inget sådant. Hans tidigare uppdrag har varit av en helt annan karaktär, det finns inget i närtid som motiverar hotbrevet. Det kanske bara är en tokstolle."

"När fick han brevet, vet du det?"

"Strax före helgen, han försökte ignorera det men i går kom han in till oss. Han är riktigt orolig. Jag frågade om det fanns något längre tillbaka i tiden som kunde ligga bakom brevet, men han kunde inte se det. Visserligen har han tydligen genom åren varit med om många omorganisationer men inget som kunde motivera det här. Jag var lurig på om han inte dolde något när han berättade det."

"Undrar om Berit kunde fått ett liknande brev. Hon kom tillbaka efter helgen och var märkbart störd över något."

"Det skulle vara märkligt, men vem vet. Våra vägar har korsats tidigare. Kan du inte fråga henne om hon vet vem den här Roger Malm är när du träffar henne?"

"Ja varför inte, får se om det ges möjlighet till det. Nu får vi spana in lite efterrättslikanande sushi, om du orkar proppa i dig något mer."

"En sötsak är aldrig fel att avsluta med. Jag tycker vi promenerar hem sedan och går bort en del av kalorierna vi stoppat i oss?"

Efter middagen gick de bort mot Feskekörka, vidare över kanalen till Haga och upp till Oscar Fredriks kyrka. Sedan följde de Fjällgatan bort till Djurgårdsplatsen och strax därefter var de hemma. Oscar Fredriks kyrka var en av Brors favoritbyggnader. Hans intresse hade han fått från sina föräldrar som ofta stannat till vid kyrkobyggnader. Han kunde titta på dessa fantastiska byggnader om och om igen. Det var alltid någon ny detalj som han hittade på fasaden eller inne i kyrkan när man hade möjlighet att gå in. Evas favoritbyggnad var Shell-macken vid Djurgårdsplatsen med sitt futuristiska torn och vajrarna som höll de häftiga takplattorna på plats över pumparna. En bensinmack som borde vara K-märkt, tyckte hon. Eva var mycket mer förtjust i modern arkitektur men de delade med sig och fick hela tiden alltmer lika intressen och smak.

Efter en slö stund framför tv:n gick de till sängs. Bror hade svårt att somna, han gruvade sig stort inför morgondagens möte på Haverborgs.

12

Haverborgs
Torsdag

Bror hade vaknat tidigt på morgonen. Den kommande förhandlingen ute hos Haverborgs var det första som dök upp i hans medvetande. Orosklumpen i magen som han nu haft ett tag var fortfarande kvar. Men det skulle bli en erfarenhet oavsett hur det gick.

De skulle träffas tidigt ute på firman för att hinna prata ihop sig innan förhandlingen som skulle börja klockan nio. När Bror kom till kontoret sökte han upp Sandra och hon var redan på plats. Hon såg ut att vara spänd och nervös, även om det här måste vara något hon varit med om flera gånger.

"När skulle Berit komma in?" undrade Bror och satte sig ner vid hennes lilla konferensbord.

"Hon kommer inte, hon ringde in och mår fortfarande dåligt. Det blir bara du och jag. Känns det okej för dig?"

"Javisst, det går bra" sa Bror och kände en stor lättnad. Berit hade varit ett störningsmoment. Han var övertygad om att de skulle hantera det här mycket bättre, bara han och Sandra.

Bror hade tagit fram ett antal powerpoint-bilder som han tänkte visa under förhandlingen. De hade gott om tid att i lugn och ro gå igenom dessa och gjorde ett antal minder justeringar på materialet.

"Har du pratat med Berit? Har du någon aning vad hon har problem med?" undrade Bror.

"Jag pratade med henne i går kväll och hon är helt nöjd med vårt upplägg men jag får ingen indikering på varför hon är sjukskriven. Hon är ganska sluten kring sitt privatliv, jag är egentligen inte förvånad. Men jag är orolig, jag känner inte igen henne. Hoppas hon kommer tillbaka snart, även om du upplever henne som tvär och avig så är hon duktig när det gäller de här frågorna."

Bror höll med. Visserligen hade han inte fått någon relation till Berit, hon hade bara snäst av honom och varit allmänt besvärlig. Men trots det var han bekymrad. Han upplevde att hon var orolig och bekymrad över något, kanske till och med rädd. Precis som Sandra sa var Berit väldigt sluten när det gällde hennes privatliv. Det var inte lätt att veta vad det kunde vara.

Strax före nio träffades alla i företagets styrelserum för förhandling. Från fackets sida kom Per Magnusson och en central ombudsman, Lina Gustafs, från Unionen samt Hilda Frid från Transport.

"Välkomna till den här förhandlingen. Vi räknar med att vara klara här strax före lunch. Vi har beställt hit lunchboxar och hoppas ni gör oss sällskap med dessa. Vid ett har jag kallat till ett stormöte ute i distributionshallen där vi kommer att informera hela personalen om det vi kommit fram till. Lokalkontoren kommer att vara med på Skype. Är det okej för er?" öppnade Sandra med.

Alla nickade varefter hon lämnade över ordet till Bror. De hade varit överens om att han skulle dra upplägget, det var han som tagit fram presentationsförslaget.

Bror presenterade förslaget samlat och kort. De lokala kontoren skulle avvecklas och all försäljning skulle centreras till huvudkontoret. Lokalservice som fanns på huvudkontoret skulle köpas in från en extern leverantör.

Förslaget om lokalkontoren var ingen överraskning utan var väl känt redan, men outsourcingen av lokalservice på huvudkontoret var nytt och mötte viss uppståndelse.

Totalt sett var det trettioåtta personer som berördes. Alla var erbjudna flytt in till huvudkontoret och de som arbetade på lokalservice skulle bli erbjudna anställning hos den firma som skulle ta över uppdragen.

Berit hade argumenterat för att personalen på lokalkontoren borde sägas upp men Bror hade föreslagit att man skulle erbjuda överflyttning till huvudkontoret, det skulle se snyggare ut och risken att man fick några som accepterade flytten var i det närmaste utesluten. Förutom några yngre personer som inte var så starkt rotade lokalt.

Uppsägningstiden på de olika lokalkontoren redovisades och han såg att hans förslag på förlängd uppsägning i Jönköping och Örebro samt Sandras erbjudande om förtidspension för vissa anställda möttes med gillande. Det var så att Berits barska ton och hennes överilade uttalanden nog skapat en oro om något mycket värre.

Det blev förvånansvärt få kommentarer kring förslaget och förhandlingen avslutades långt före lunch. Alla accepterade att komma tillbaka för den gemensamma måltiden.

"Det här gick bra. Stor eloge till dig Bror. Din ödmjuka ton och din presentation var helt suverän. Att det gick så här bra är väldigt mycket din förtjänst" sa hon när det blivit ensamma kvar.

"Tack, jag tycker också det gick bra. Bra förarbete är aldrig fel."

Strax före tolv kom lunchboxarna och strax efteråt var alla samlade för en gemensam lunch.

"Hur känns det nu när ni fått en stund att reflektera över vår omstrukturering. Blir det bra?" sa Sandra och vände sig till Per och Hilda från facket.

"Det är aldrig roligt att vara med om att många kollegor ska mista sitt jobb men vi förstår varför ni vill göra det här. Era argument om inköp och support över nätet är något vi också noterat och det är lättare att hantera det med en central organisation. Men roligt är det inte. Att ni outsourcar lokalservice är vi inte lika positiva till men kan se fördelar med att ni slipper ett ansvar för dessa frågor och kan fokusera mer på vår kärnverksamhet. Hoppas att alla inom det området blir erbjudna anställning hos den nya leverantören" sa Per och Hilda nickade instämmande.

"Skönt att höra att ni håller med. Vi kommer att ställa krav på att alla som arbetar inom lokalservice får gå över när vi handlar upp en ny leverantör. Hur många av de som sitter på lokalkontoren kommer att flytta med hit tror ni?" undrade Sandra.

"Inte många alls, det är väl i linje med vad ni hoppas" sa Hilda aningen fränt om än inte otrevligt. Sandra valde att inte svara på kommentaren.

Vid slutet av lunchen ringde Sandras telefon och hon fick lämna för att ta samtalet. Hon kom tillbaka och vinkade ut Bror i korridoren.

"Jag har fått problem. Ett av mina barn har ramlat på dagis och måste åka till sjukhus. Jag måste åka dit nu direkt, min man är på tjänsteresa och vi har ingen annan som kan hoppa in. Kan du tänka dig att ta mötet med personalen vid ett?" frågade Sandra med en vädjande blick.

"Det går bra, jag vill ta med Per och Hilda, om det är okej?"

Sandra gick tillbaka in och ursäktade sig och berättade att hon måste åka till sjukhuset. Per och Hilda ställde upp och skulle stötta Bror vid information för personalen.

Vid ett steg Bror in i distributionshallen tillsammans med Per och Hilda. På golvet stod hela personalstyrkan samlad i en halvcirkel vänd mot dubbeldörrana in till kontoret. Lokalkontoren hade kopplat upp sig via Skype. All aktivitet hade avstannat och tystnaden var kompakt. Man hade hört om en knappnål hade fallit till golvet.

"Hej vi som ska hålla den här informationen är jag, Bror Stensson som arbetar som konsult med den här omstruktureringen. Till min hjälp har jag Per och Hilda som ni alla känner" öppnade Bror och han hörde att rösten inte riktigt bar. Det här var jobbigare än han föreställt sig.

"Vågar inte vår nya vd stå för sina beslut? Vad är det för ett sätt?" ropade någon irriterat i församlingen och ett samstämmigt mummel hördes i lokalen.

"Sandra står bakom detta fullt ut men hon var tvungen åka in till sjukhuset då ett av hennes barn ramlat illa. Hon meddelar att hennes dörr står öppen för alla som vill prata när hon kommer tillbaka" sa Bror varvid sorlet sakta dog ut.

Bror hade inte stöd av sin presentation här ute i distributionshallen utan fick berätta om bakgrund och beslut. Efter en stund tystnad kom de första kommentarerna. De kom i allt snabbare takt och det gavs ingen möjlighet att besvara alla påståenden.

"Hur kan ni sälja ut våra medarbetare på lokalservice? vissa har jobbat här i mer än tjugo år. Ett jävla sätt om jag får uttrycka det själv."

"Vi som under många år byggt upp en bra relation lokalt ska bara slängas på sophögen och ersättas av en anonym styrka här på huvudkontoret. Vet ni vad ni gör?"

"Hur kan du som en ung kille låna ut dig till ett sådant här avrättningsuppdrag. Skäms på dig."

"Jag har betalt fackavgift i alla år. Vad får jag för det? Ingenting, utan facken jamsar bara med. Ni borde få ett kok stryk."

Stämningen blev nästan hotfull och Bror, Per och Hilda retirerade snabbt tillbaka in till kontoret. Om förhandlingen gått bra, så hade personalinformationen varit en ren katastrof.

13

Haverborgs
Fredag

Bror hade varit mentalt utpumpad när han kom hem på torsdag eftermiddag. Förhandlingen och den avslutande informationen till personalen hade fullständigt dränerat honom på all energi. Visserligen hade han gruvat sig för förhandlingen och att han helt plötsligt kastades in och skulle informera personalen när Sandra varit tvungen åka ifrån hade varit en överraskning han inte räknat med. Utan tvekan hade gårdagen varit den jobbigaste dagen i hans arbetsliv. Speciellt de irriterande och till och med hotfulla kommentarerna hade tärt på honom mer än vad han anat. Han hade lämnat kontoret lite tidigare och kommit hem till en tom lägenhet. När Eva kom hem några timmar senare hade han suttit overksam i soffan och bara tittat rakt fram. För att bryta dödläget hade hon tagit med honom ut för en middag och ett par öl på en restaurang nere vid Järntorget.

När de kom hem på kvällen hade Sandra ringt och undrat hur läget var. Hon hade hört om det närmast kaosartade informationsmötet och ville höra av sig, vilket han uppskattade. De kom överens om att träffas inne på kontoret tidigt på fredag för att diskutera hur de skulle gå vidare.

Nu var han tillbaka på Haverborgs och väntade på att Sandra skulle dyka upp. Han kom ihåg att han helt glömt fråga henne hur det gått med hennes son, men han skulle inte glömma det nu på morgonen.

Ute vid kaffemaskinen hade han stött ihop med Johan och Gustav.

"Ta inte åt dig av kommentarerna i går eftermiddag. De kom i affekt. Informationen var bra, de flesta vi pratade med efteråt tycker likadant. Låt inte några få, förstöra för dig. Du gjorde det mycket bra" sa Johan och Gustav nickade samstämmigt.

"Tack, det var skönt att höra. Men att helt skaka av mig det som hände igår, kan jag inte. Vi måste hantera det på något sätt. Vi kan höras av senare när jag pratat med Sandra. Återigen tack för de värmande orden. Det behövde jag" sa Bror och gick tillbaka till sitt skrivbord med sitt kaffe.

En halvtimme senare dök Sandra upp och de gick in till hennes kontor.

"Jag ber så mycket om ursäkt att du fick ta informationsmötet igår. Det var jag som skulle hållit i det. Hur känns det nu?" sa Sandra.

"Tack, det var en pärs, nu lämnar vi det bakom oss. Hur gick det med din son, jag glömde fråga om det igår?"

"Det gick bra, handleden blev gipsad. Kommer att kunna tas bort om ett antal veckor. Tillbaka till vad som hände igår, hur tycker du vi ska gå vidare?"

Spännande. Bror var intagen som en junior medarbetare som skulle hjälpa Berit och Sandra med omstruktureringen. Nu behandlades han som en jämbördig kollega av Sandra som faktiskt frågande honom om råd. Lite stolt kände han sig allt.

"Vi borde följa upp mot Hilda och Per, de utsattes också för vissa påhopp igår. Sedan borde vi ta tag i och organisera upp de här projekten som ska fasa ut de här äldre produkterna. Det är de åtgärder jag känner som mest fokuserade. Hur är det med Berit, har du hört något av henne?"

"Bra förslag, nej jag har inte fått kontakt med Berit. Jag vill följa upp mot de personalgrupper som fick de tunga beskeden igår först av allt. Jag tänker att jag gör det själv. Kan du följa upp mot Hilda och Per?"

Bror hade många fler frågor men insåg att de fick vänta, Sandra var redan på väg. Berit var fortfarande sjuk och i alla fall inte tillgänglig. Undrar vad som döljer sig där bakom hennes fasad tänkte Bror.

Han letade upp Per och Hilda och föreslog att de skulle sätta sig tillsammans och gå igenom gårdagen.

De hade inte tagit illa vid sig vilket Bror varit rädd för. De hade redan full koll på vad personalen tyckte och var inte överraskade av det utbrott som skett på eftermiddagen. Samtidigt beklagade de att vissa inte kunnat kontrollera sin besvikelse men lugnade Bror med att han inte skulle ta åt sig personligen.

Strax före lunch mötte han upp med Sandra för en avstämning. Hon hade ringt upp och informerat i grupp med respektive kontor som skulle läggas ner. Många var givetvis ledsna över beskedet men det verkade som om budskapet landat och satt sig. När Sandra i lugn och ro fått gå igenom varje kontor för sig och förklara att alla deras oldtimers skulle få ha sina jobb kvar fram till en förmånlig förtidspension samt att man skulle tillsätta ett projekt för utfasning av de gamla produkterna så verkade det som om det inte fanns några synbara stötestenar kvar. Men givetvis var stämningen låg, helt förklarligt.

"Jag föreslår att vi åker i väg på lunch sedan kan vi i lugn och ro prata igenom hur vid går vidare" sa Sandra och packade ihop sin väska utan att vänta på Brors svar. Med andra ord var det bara att följa med.

De åkte till Hovås kallbadhus igen. Luftig lokal som gav möjlighet till avskilt möte under en trevlig samvaro. De tog bägge en skaldjurssoppa med currygrädde. Ett inbjudande salladsbord och nybakt vitlöksbröd gjorde lunchen till en riktig höjdpunkt.

"Tusen tack, du har gjort ett fantastiskt arbete. Att du skulle vara en junior konsult stämmer inte. Du är till mycket stort stöd för mig i det här arbetet. Det vill jag att du ska veta." sa Sandra och skålade med honom.

"Tack, det värmer. Jag uppskattar att du lyssnar till mina idéer och låter mig arbeta på mitt sätt."

"Jag har meddelat din chef att jag gärna vill att ni ska hjälpa till att bygga upp den nya organisationen. Hoppas du tycker det är intressant. Jag vill verkligen fortsätta att arbeta med dig."

"Tack igen, nu blir jag nästan generad. Men javisst, det låter intressant. Det är ett roligare uppdrag, att dra ner och lämna uppsägningsbesked är inte något jag vill fokusera på."

Igår hade varit en jobbig dag men vad snabbt allt kunde vändas bara genom att få erkännande för vad man gjort och lite beröm. Han blev påfylld med ny energi efter Sandras fina ord.

Tillbaka på kontoret bokade de in ett möte med Johan och Gustav för att planera upp projektet med utfasning av de äldre produkterna. Bror hade bara träffat de bägge som hastigast i samband med en lunch tillsammans med Valdemar och nu på morgonen vid kaffemaskinen. Om Bror minns rätt arbetade Johan med verksamhetsutveckling och IT-stöd och Gustav med logistik och lager.

"Som vi sa igår måste vi starta upp ett projekt för att fasa ut vissa äldre produkter. Vi hade hoppats att ni bägge kunde hjälpa till med det" sa Bror och vände sig mot Johan och Gustav.

"Jovisst, det ser vi fram emot" sa Johan.

"Ja det kan vi nog även om det känns surt att det i sin tur innebär att gamla kollegor inte får vara kvar. Det hoppas jag ni inser" sa Gustav mer reserverat än Johan.

Bror tog fram sin lista över gamla produkter och de gick igenom listan samt kompletterade med ytterligare en som inte kommit med tidigare. För var och en av dessa fanns tydliga ersättare som kunde användas. Problemet var inte att hitta en ersättningsprodukt utan att övertyga kunderna om att byta.

"Vi har några kunder i Jönköping och Norrköping som kan bli besvärliga. Våra säljare har försökt flytta över dessa till nya produkter i flera år men inte lyckats" sa Gustav när han studerat den plan som börjat ta form.

"Finns det risk att vi tappar kunderna om vi går ut med ett datum för *end of life*?" undrade Bror.

"Risken finns alltid, problemet är att vår personal och kunden nästan har en familjär relation. Det är svårt för våra killar och tjejer att föra fram ett sådant beslut. Dessutom ska vi nu meddela att deras lokalkontor inte kommer att finnas kvar. Helt lätt kommer det inte att bli. Vi behöver få med någon härifrån huvudkontoret, tex dig Bror, på de kundbesöken. Skulle det fungera för dig?" sa Johan.

Väldigt vilket förtroende jag har fått från alla möjliga håll och kanter på kort tid, tänkte Bror.

"Javisst för mig skulle det fungera" sa Bror och Sandra nickade samstämmande till svar.

Plötsligt knackade det på dörren och den öppnades av en äldre dam med en förskräckt blick, utan att invänta svar.

"Johanna Fredén har kollapsat. Hon fick en panikattack och är körd till sjukhus" nästan skrek hon.

Johan reste sig tvärt och lämnade rummet utan att säga ett ord.

"Johanna och Johan har tidigare varit ett par, men har fortfarande en tät relation" sa Gustav som kommentar och skakade på huvudet.

14

Polishuset
Fredag

Eva insåg att Bror behövde en stillsam fredag efter gårdagens genomkörare. Myran och Erik hade hört av sig och undrat om de skulle träffas på kvällen men Eva hade avstyrt det hela. Hon undrade hur det gick för honom idag men det var bara att vänta in kvällen så skulle hon få reda på det.

Inne på polishuset hade hon ett meddelade som väntade. Roger Malm hade hört av sig och ville komma på ett nytt möte. Det hade tillstött ytterligare händelser. Eva ringde upp och meddelade att han var välkommen under förmiddagen.

Eva gick in till Jörgen och frågade om han hade tid att vara med. Han var ju insatt i hoten som Roger mottagit och hade precis som Eva tyckt att situationen var både ovanlig och skrämmande.

Strax före lunch hörde receptionen av sig och de möttes av en uppenbart skärrad Roger. De tog med honom in till ett rum och Eva presenterade Jörgen som han inte träffat tidigare.

"Har ni kommit vidare med hoten jag mottagit?" sa Roger i en nästan aggressiv framtoning.

"Vi har varit ute på DuoBit och intervjuat företaget och dess personal. Vad jag förstår verkar du vara omtyckt på arbetsplatsen och det finns inte någon konflikt kring den omstrukturering som du arbetar med. Vi kan inte hitta något som motiverar det hotbrevet. Är det något mer som hänt?"

"Jag misstänker att jag är övervakad. Jag har noterat en mörk bil som varit parkerad i vårt villaområde som jag tror spanar på mig."

"Är det en bil som du sett tidigare? Har du sett den flera gånger? Har du noterat registreringsnumret?"

"Jag har sett bilen varje kväll sedan i tisdags när jag var här sist. Jag har registreringsnumret här" sa han och lämnade över en anteckning.

Jörgen tog lappen och gick iväg för att söka upp ägaren till bilen.

"När vi träffades sist frågade jag om du mindes någon incident bakåt i tiden och jag upplevde att du tänkte på något som du sedan inte berättade. Har du kommit på något som du vill dela med dig av?" undrade Eva.

"Jag har gått igenom hela min karriär och visst har det funnits händelser som varit extra besvärliga men det finns ingen som sticker ut som skulle kunna motivera ett sådant hat som brevet indikerar. Tyvärr", sa han och skakade på huvudet men även denna gång upplevde Eva att han undanhöll någon form av information. Men nu hade hon frågat igen, det var han som var hotad och ville han inte dela med sig var det hans eget beslut. Om han nu var orolig, borde han berätta om det fanns något som han misstänkte.

Jörgen kom tillbaka med uppgifter om fordonet.

"Registreringsnumret hör till en svart Passat av 2015 års modell. Kan det stämma?" undrade Jörgen.

"Det kan stämma men jag tyckte det såg mer ut som en Volvo men det är inte lätt att se i höstmörkret. Vem tillhör den?"

"Det kan vi inte berätta men vi ska följa upp det, med högsta prioritet. Du får vara försiktig och om du kommer på något som kan ha med detta att göra, hör av dig och berätta. Just nu kan vi inte göra något mer." sa Eva.

"Jag kan inte få beskydd?"

"Tyvärr inte, det här är alldeles för vagt, för att motivera det. Men hör av dig direkt om något mer händer" förklarade Eva ursäktande.

De lämnade av Roger och gick tillbaka till kontoret. Enligt registersökningen tillhörde bilen en Fabian Holmar, femtio år gammal, boende i Partille. Jörgen skulle söka upp honom. "Han döljer dock något. Det finns någon gammal incident som han anar eller misstänker kan ha med detta att göra. Det är jag övertygad om. Men han vill inte berätta. Märkligt om han nu är så orolig att han inte delar med sig. Håller du inte med?" undrade Eva.

"Ja om det nu är så som du tror borde han berätta. Jag har inte samma känsla som du att han håller inne med något. Men din magkänsla brukar vara bra. Jag följer upp ägaren till bilen så får vi se vad det ger."

De gick iväg på en gemensam lunch och tog sedan en lång promenad. Jörgen berättade på nytt om sin nya kärlek och föreslog att de borde träffas alla fyra inte alltför långt fram i tiden. Eva var glad för hans skull, han hade varit singel i många år. Att han äntligen träffat någon han verkat fastna för var jätteroligt. Eva höll med om att de borde boka in en träff så snart som möjligt.

Tillbaka på kontoret hade Eva ett antal administrativa uppgifter att städa av och Jörgen skulle följa upp bilen som övervakat Roger.

Strax före dagens slut kom Jörgen tillbaka och hade tyvärr inte lyckats få tag på Fabian Holmar. Han bodde ensam i en lägenhet i Partille och arbetade på ett mindre företag men han svarade inte på sin mobil och företaget stängde redan vid lunch på fredagar. Han fick fortsätta söka honom efter helgen.

"Då har vi gjort allt vi kan göra idag. Ha en trevlig helg. Vi hörs av på måndag" sa Eva och gav honom en hastig kram.

Eva gick förbi Feskekörka och köpte en filé havskatt som hon tänkte överraska Bror med. Tillsammans med filén följde en räkröra och några vitlöksbröd. På vägen hem kikade hon in på Systembolaget och köpte ett rött vin som Bror gillade. De drack nästan alltid rött trots att många ansåg att fisk skulle serveras med vitt vin. Det här skulle bli en trevlig överraskning som Bror var väl förtjänt av efter sin vecka ute på Haverborgs. Hon hoppades för hans skull att dagen hade varit lugnare än torsdagen som varit en pärs. Hon hade aldrig tidigare sett honom så mentalt slutkörd som igår kväll.

Hon kom hem ganska tidigt och dukade upp och förberedde maten. Till förrätt hade hon köpt italienska krustader som hon fyllt med mjukost som hon skulle värma lite lätt i mikrovågsugnen. Ett tips som hon fått av Jörgen som hon länge funderat på att pröva. Men hon var inte orolig, det lät så gott så det kunde helt enkelt inte bli fel.

När Bror kom hem mötte Eva honom med en bricka med drink och några varma krustader.

"Oj vilken fest, vadan detta?" sa Bror och kysste Eva.

"Jag tyckte du var värd detta efter din torsdag. Hoppas du hade en bättre dag idag."

"Både ock, det tar vi sedan. Nu måste vi smaka på de här godbitarna som jag hört talas om och njuta av fredagskvällen."

De satte sig ner och smakade på drinken och provade de varma krustaderna. De var delikata och passade bra till den Dry Martini som Eva blandat till. Hon hade blandat till drinken så stark som Bror önskade vilket var en eftergift då hon själv gärna såg en den lite svagare, det vill säga, mer Martini och mindre Gin. Sedan gick de tillsammans ut till köket och hjälptes åt med maten. Havskatten stektes lätt och serverades med kokt potatis, sparris samt de varma vitlöksbröden. En mycket god och trevlig middag.

När de dukat undan och satte sig ner med var sin öl i soffan kunde inte Eva vänta längre.

"Nu får du berätta om dagen, du sa att det var både ock. Nu har jag väntat länge nog."

Bror berättade om lunchen med Sandra och det beröm han fått vilket utan tvekan var dagens stora behållning. Sedan var han också tvungen att berätta om mötet med Johan och Gustav som avbröts av det mycket obehagliga beskedet om den där kvinnans panikattack.

"Stackars dig, det kan inte du ta på dig" sa Eva och strök

honom kärleksfullt över kinden.

"Jag vet men det går inte heller skaka av sig. Hur har din dag varit?"

Eva berättade om konsulten som varit på nytt besök och som misstänkte sig vara hotad. Hon var faktiskt orolig.

"Hur var det hos dig, var inte den här Berit orolig för något också? Har du frågat henne om hon vet vem Roger Malm är?"

"Nej, hon är fortfarande sjuk, jag lovar att jag ska fråga. Men det känns osannolikt att det skulle hänga ihop, tycker du inte det?"

15

Björkekärr
Lördag

Efter en härlig lördag satt de nu på bussen på väg hem till Olle och Jovana. Det skulle bli trevligt att träffas. Ofta var hela kompisgänget med, vilket skapade en annan typ av umgänge. Att träffas bara fyra skulle ge en annan möjlighet till fördjupade samtal. Något som Bror saknat.

De hade beslutat sig för att åka ut till Billdal Park under lördagens förmiddag. Eva hade fått tips om en blogg av en vandringsentusiast, Von-Frank-Einstein, som visar massor av tips på vandringsleder runt om Göteborg. De hade surfat runt på hans olika förslag och fastnat för att åka ut till Billdal Park. De hade packat med en utflyktskorg med kaffe och färdigberedda frallor. De gick ner till Mariaplan, tog spårvagn tre till Marklandsgatan och därefter buss 258 mot Billdal. Eva hade propsat på att de skulle undvika att prata jobb och Bror hade accepterat efter en stunds funderande. Att koppla bort jobbet skulle vara bra men samtidigt visste han att det skulle bli svårt.

Väl framme vandrade de ner mot Billdal herrgård och passerade många stora ekar och andra lövträd. I en damm och en laxtrappa skulle det finnas laxöring om hösten men de såg inte skymten av någon firre. Sedan vandrade de upp mot parkens utsiktsberg, en stig som var markant brant mot slutet. Uppe på toppen hade de en fin utsikt ut över havet och stannade för en paus med kaffe och mackor. Bror hade varit på väg några gånger att nämna jobbet men Eva hade lagt sitt finger över hans mun och manat till tystnad. Efter en stund hade Bror accepterat att arbetet skulle läggas åt sidan och de vandrade runt till stor del under tystnad. Att umgås utan att prata kräver att man är samspelta och Bror uppskattade att de hade det samförståndet sinsemellan. Man behöver inte alltid prata, utan men kan uppleva en stor gemenskap även om man bara vandrar tyst tillsammans. För varje steg åkte axlarna ner och ett inre lugn infann sig. Eva var en klok kvinna som hade förstått att han, ja kanske de bägge, behövde det här idag. Vädret var härligt, med klarblå himmel och lite kyligt i luften. Promenaden var vacker. Bror konstaterade att det fanns mycket att upptäcka nära inpå, om man bara tog sig tid att leta upp bra förslag på utflykter.

Promenaden var inte lång och efter drygt två timmar hade de kommit tillbaka till busshållplatsen. De tog bussen tillbaka in mot staden och kom fram till Järntorget strax före lunch. Inne på Hagagatan låg en bra vegetarisk restaurang, En Deli Haga, som de besök flera gånger. De tog var sin vegetarisk paj och ställets hemmagjorda lemonad. En lätt lunch som passade bra efter de mastiga mackorna som de tagit på förmiddagen och också en anpassning till den betydligt kraftigare maten som de med all säkerhet skulle få hemma hos Olle och Jovana.

De valde att gå hem till Fredbergsgatan trots att de bägge var trötta i benen efter förmiddagens vandring.

När de kom hem hade de satt på kaffe och efter det vilat en stund. Bror lyckades till och med somna. Han vaknade till av att han hörde sig själv snarka och såg att han troligtvis väckt Eva. Tuppluren var välbehövlig, ja hela förmiddagen hade varit mycket lyckad och verkligen skapat ett lugn som Bror inte känt på länge. Han insåg att uppdraget ute hos Haverborgs varit ansträngande på ett sätt som han inte var van vid.

De hade duschat och klätt om, inför kvällens middag ute i Björkekärr och nu satt de på bussen ut till en trevlig kväll. Det skulle inte bli sent. Imorgon skulle de följa med Myran och Erik till Jönköping och titta på både deras temporära lägenhet och ett antal andra som de skulle kunna hyra på sikt. De behövde inte hjälpa till med flytten utan Myran och Erik hade redan tagit med sig sina pinaler, som inte var så många, när de besökte Jönköping under tisdagen och onsdagen veckan som varit. Det skulle bli trevligt att titta på lägenheter och få höra hur deras första möten på sina nya arbetsplatser utvecklat sig.

När de kom fram till vännernas radhus möttes de av Olle som ursäktade att Jovana varit tvungen att gå och vila. Hon var nu långt gången i sin graviditet och som Olle sa jättestor. Foglossningen som hon led av hade blivit allt värre och hon hade svårt att gå utan att det gjorde rejält ont.

"Ni kanske kan hjälpa mig med middagen. Jovana kommer när maten är klar?" sa Olle och bjöd in både Bror och Eva till köket.

"Inga problem" sa Eva och Bror nickade samstämmigt.

Det mesta var redan förberett, salladen var skuren och maten stod i ugnen. Några förrätter skulle fixas till och de behövde hjälpa till med dukningen. Men med nära vänner var det inget konstigt. Tillsammans med Olle fixade de snabbt till det sista. När Jovana hörde att allt började vara klart kom hon vaggande ut från sovrummet. Det var uppenbart att hon hade mycket ont och Eva rusade fram för att stötta henne.

"Ni kan tro att jag väntar på att barnet ska komma. Jag håller på att bli riktigt trött på det här. De säger att smärtorna upphör nästan direkt när barnet är fött. Hoppas att det stämmer. Sätt er ner nu så börjar vi" sa Jovana och visade mot soffan där förrätter och drink fanns uppställt.

"Hur långt har du kvar nu?" undrade Bror.

"Det är planerat till nästa helg, men det känns som om småttingen kan komma kanske redan om några få dagar. Olle får undvika alkohol, han får vara beredd att köra när som helst. Men det blir nog inte ikväll" sa Jovana och höll sig stöttande om magen.

"Men vi bjuder er på drink som vanligt. Vi håller oss till alkoholfria alternativ men för er finns de vanliga drinkarna. Skål" sa Olle. Middagen blev trevlig, precis som vanligt. Olle hade lagat till en fylld fläskfilé i ugn och potatisgratäng till det.

Väldigt gott men Bror längtade efter Jovanas kokkonst och hennes fantastiska maträtter från Balkan. Hon var duktig i köket och det var spännande med hennes hemlands rätter som ofta överraskat vid deras middagar. Samtalsämnet under middagen rörde sig mest kring det väntande barnet och Bror insåg att barn var ett projekt i sig. Det var mycket som skulle planeras in, möbler och vagnar som skulle köpas, säkerhetsåtgärder i huset samt mycket annat. Vissa åtgärder skulle man dock kunna ta tag i så småningom, i början skulle småttingen vara ganska orörlig. Men det var en kort tid, sedan skulle det bli full rulle på alla håll och kanter.

När de satte sig ner för kaffet, kom samtalet att luta över åt Brors och Evas jobb.

"Jag hörde att du Eva varit ute hos min arbetsgivare, berätta vad ni kom fram till. Sedan vill vi höra hur det är på ditt uppdrag Bror. Du var inte helt nöjd när vi träffades sist" sa Jovana och så var samtalet tillbaka på arbetet.

Eva berättade om sitt möte med Roger och hans hotbrev. Givetvis borde inte Eva berätta om detta men nu visste Jovana en hel del redan och de var så nära vänner att ett litet brott mot tystnadsplikten borde inte vara ett problem.

"Märkligt kan jag tycka. Roger har varit väldigt omtyckt hos oss. Han har varit omtänksam och inkännande under hela processen. Som jag sa förra veckan tycker jag det här är bra. Jag hade sökt mig någon annanstans ändå och nu behöver ingen gå in på ett vikariat för mig" sa Jovana.

"Upplevde du att han var orolig för något som han berättat om?" frågade Eva.

"Nej men han nämnde att tidigt i hans karriär hade man varit betydligt tuffare och okänsligare när man strukturerade om, än vad man är idag. Jag kommer ihåg att han också berättade att han hade dåligt samvete för ett antal ärenden som han tidigare hanterat."

"Berättade han vilket företag det gällde?"

"Nej han upplevde det nog som skämmigt. Hur har det varit för dig då Bror?"

Bror fick berätta om sin vecka, där han fått ett större ansvar än vad han initialt trott. Hans nya kollega hade sjukskrivit sig och var uppenbart orolig för något. Det hade gett honom en frihet och möjlighet att arbeta med detta på sitt eget sätt.

Han berättade om den katastrofala informationen till personalen som han blev tvungen att ta och om de berömmande ord hans fått av bolagets vd.

"Du, den här kvinnliga vd:n verkar trevlig. Är hon snygg också?" sa Olle aningen retsamt i tonen.

Bror kände att han rodnade vilket var pinsamt.

"Du får nog se upp Eva" sa Jovana och skrattade.

16

Jönköping
Söndag

Myran och Erik kom för att hämta upp Bror och Eva redan vid åtta på söndag morgon. Vilken tur att det blev en tidig lördag kväll tänkte Bror. Det hade varit minst sagt pinsamt att han rodnat när Sandra nämndes igår kväll. Eva hade inte tagit upp det, hon var trygg med Bror oavsett vilka andra kvinnor som fanns i hans närhet, vilket var skönt. Dagen skulle bli intressant. Jönköping var ett oskrivet blad. Visserligen hade de besökt staden ett antal gånger men oftast bara som hastigast på genomresa. Nu skulle de titta på den ur ett nytt perspektiv, som lillasysters nya hem.

Det blev en tyst resa fram till Bollebygd där de åkte in för att tanka, både bensin till bilen och kaffe för de fyra reskamraterna. När de satt i bilen och tagit några klunkar kaffe tinade alla upp och kom ur sin ganska mosiga känsla så här tidigt på morgonen.

"Ni besökte Jönköping tidigare i veckan. Hur kändes det, berätta?" uppmanade Eva.

"Vi hann med både Eriks nya kontor och min nya arbetsplats samt flytta in i vår temporära lägenhet. Det var många nya intryck. Men det känns bara bra" sa Myran.

"Mitt kontor hade varit tomt, alla konsulter var ute hos sina uppdragsgivare. Lokalerna ligger fint till med en härlig utsikt över Munksjön, ni får se senare idag" la Erik till.

"På min arbetsplats träffade jag en kollega till mig och var ute hos ett företag som har en pågående omstrukturering där vi är inblandade, och det första uppdrag som jag blir delaktig i. Det hände en konstig grej där men vi tar det senare idag" sa Myran.

"Berätta om lägenheten ni fått låna och om de lägenheter vi ska titta på senare idag" sa Eva och Bror nästan i mun på varandra.

Lägenheten de fått låna var en liten övernattningslägenhet, två rum och kök. Möblerad men lite tråkig, enkel inredning men som sagt helt okej. Under eftermiddagen skulle de titta på tre olika lägenheter som var tillgängliga på kort varsel. Två treor som låg något längre ut från centrum och en liten tvåa som låg väldigt nära stadskärnan. Alla tre lät intressanta och att åka runt skulle visa upp olika sidor av Jönköping vilket skulle bli spännande.

Strax före tio på förmiddagen var man framme vid toppen på Göteborgsbacken och den långa branta utförslöpan ner mot Jönköping. Här hade de alla åkt många gånger men det var annorlunda nu när de skulle besöka Myran och Eriks nya hemort.

Väl nere från backen svängde de av in mot centrum vid trafikplats Ljungarum. Ganska snart skymtade man Munksjön på höger sida och åkte sedan vidare vid sidan om det gamla pappersbruket innan man kom fram till rondellen vid Högskolan där man svängde höger och vidare ner mot staden. Vid nästa rondell pekade Erik tvärs över sjön mot ett antal låga byggnader på andra sidan.

"Där ligger mitt kontor, häftigt läge, håller ni inte med?" sa han men illa dold stolthet i rösten.

I stället för att svänga ut på Munksjöbron svängde de in till vänster på Gjuterigatan och körde in cirka femhundra meter och Myran pekade upp mot ett äldre hus.

"Här ligger vår nuvarande lägenhet. Inte mer än en kilometer in till centrum, det är minst sagt centralt. Vi går upp med några grejor och tar igen oss några minuter innan vi går ner till Eriks kontor och äter lunch."

De parkerade bilen utanför och bar upp sina väskor samt ytterligare några prylar som Myran och Erik tagit med. Huset var trevligt, ett gammalt trähus i två våningar. Lägenheten låg på våningsplan två. Precis som Myran berättat var den opersonlig med funktionella men tråkiga IKEA-möbler. Men de skulle inte bo här mer än maximalt en eller två månader så det var inte ett problem. Läget, nära centrum uppvägde allt annat.

De vandrade tillbaka österut mot munkbron, tog till vänster och gick hamngatan ner till Slottsbron. Därefter var det bara tvåhundra meter så var de framme vid huset där Eriks kontor låg. Det hade bara tagit tio minuter. Betydligt mer centralt än Eva och Brors lya i Göteborg. De gick upp och tog en snabb sväng på kontoret och gick därefter ner till bottenplan av huset. Ut mot sjön låg ett antal restauranger som serverade lunch. De fastnade för Bryggans Café & Bistro och det blev tre Poké Bowl och en Caesarsallad för sällskapet.

"På sommarhalvåret kan man sitta ute och äta, det är ett mycket populärt ställe, man får vara ute i god tid om man ska få ett bra bord" sa Erik.

Erik berättade att man idag hade fyra konsulter på plats men att man tänkte expandera och skulle bli ytterligare femton under året. Det skulle bli mycket rekryterande och många kundbesök för att leva upp till målsättningen.

"Men du har aldrig arbetat med försäljning tidigare, eller hur?" sa Bror.

"Nej inte direkt men någon gång ska vara den första. Jag känner mig inte alls orolig, det ska bli både skoj och lärorikt."

"När ska vi titta på första lägenheten? Hinner vi med en sväng inne på butikerna innan?" undrade Eva.

Första visningen var vid halv två, de skulle hinna med en snabb sväng i centrum. Oftast är det samma butiker överallt, det blir inte så mycket nytt att titta på om man åker till en annan ort. En blus följde med Eva hem från promenaden innan de skulle till första lägenhetsvisningen.

Den första lägenheten var en tvåa som låg nära centrum. De behövde inte åka bil för att komma dit. Den låg strax öster om centrum på Slottsgatan. Huset var byggt på trettiotalet men var i bra skick och kök och badrum var nyrenoverade. Men lägenheten var i minsta laget. Den bestod av vardagsrum, ett minimalt kök och ett sovrum som förmodligen var tänkt som matrum när huset byggdes. Trevlig, nära till centrum men liten, var alla överens om. Nästa lägenhet låg i ett område som hette Ekhagen och var byggt någon gång på sextiotalet. Huset låg på sluttningen upp efter väg 47 mot Nässjö, med en härlig utsikt ner mot Vättern. Lägenheten var något mer sliten men var större med två sovrum. Här var man drygt tre kilometer från centrum och blev hänvisad till allmänna kommunikationer för transport. Den tredje lägenheten låg på Mångatan, sydväst om centrum. Huset var ganska nybyggt och lägenheten i bra skick. Återigen inte mer än tre kilometer i till centrum, helt överkomligt.

De åkte tillbaka in till övernattningslägenheten, och gick ut för en gemensam tidig middag innan Bror och Eva måste åka tillbaka mot Göteborg. De gick ner till Tegel, en festlokal i det gamla tändsticksområdet. Härlig miljö och en inbjudande matsedel. De valde alla var sin halstrad fjällröding, plockade till sig sallad och satte sig ner för att vänta in maten.

"Tre lägenheter, alla med sina plus och minus. När man jämför med Göteborg är ingen av dessa lägenheter långt från centrum. Kanske de som bor här tycker att tre kilometer är långt ut men det är det inte egentligen. Vad tycker ni?"

"Det första var för liten, de andra två var intressanta, vi får prata ihop oss och fundera" sa Myran.

"Skiljer det på inflyttningsdatum eller är alla tillgängliga nu direkt" undrade Bror.

"Alla är tillgängliga inom tre månader, det skiljer inte så mycket."

"Men nu är jag nyfiken. Du berättade om att det hände en mysko grej när du var ute hos det där företaget där du ska få ditt första uppdrag. Kan du berätta, jag har varit nyfiken hela dagen" sa Eva och vände sig mot Myran.

"Så här var det. Jag åkte till det här företaget, Qelec, tillsammans med min kollega Gunvor Lundin. Där träffade vi personalchefen och en konsult, Anders Frisk, som skulle hjälpa till med omstruktureringen. Det visade sig att Anders och

Gunvor var bekanta, de hade tydligen arbetat ihop för många år sedan. Det var uppenbart att det inte var ett välkommet återseende. Bägge vara märkbart störda och när jag frågade henne ville hon inte prata om det. Inget mer än så."

"Fick du reda på något mer?"

"Nej, det blev aldrig utrett men det blev en sådan där konstig stämning, en som man kan skära med kniv säger man väl."

"Spännande, det får berätta mer när ni kommit i gång med arbetet."

"Var ligger din arbetsplats förresten, det berättade du aldrig?" undrade Eva.

"Unionens kontor ligger också nära centrum, några hundra meter västerut jämfört med Eriks kontor. Vi kommer bägge att arbeta centralt och kan om vi vill äta lunch tillsammans."

De blev avbrutna av att maten serverades. De fick skynda sig på att äta då Bror och Eva skulle ta bussen till Göteborg. Erik och Myran skulle stanna och börja jobba på riktigt i Jönköping imorgon måndag. De gick tillsammans bort mot resecentrum som låg bara några hundra meter ifrån restaurangen. Bussen skulle åka vid halv åtta och det skulle ta två timmar hem till Göteborg.

17

Kindblom & Thorning
Måndag

Idag var det företagsmöte på Kindblom & Thorning. Det var länge sedan alla träffats och det skulle bli trevligt att ses igen. Birger hade aviserat att de skulle presentera några nyanställda och nya uppdrag, vilket alltid var skoj. De hade varit trötta när de satte sig på bussen hem igår kväll och de orkade inte med att prata så mycket om alla intryck de fått under dagen. De åkte som vanligt gemensamt in till centrum och skildes åt vid Brunnsparken. Därefter gick Bror till kontoret.

Det var uppdukat till en gemensam frukost inne vid konferensdelen och det var redan fullt med kollegor som tog för sig av det digra utbudet av frallor, ostar och goda bakverk.

Bror kunde inte se Berit någonstans och han undrade om hon fortfarande var sjuk. Birger reste sig upp och begärde ordet i samma veva som Berit kom in och ställde sig tillsammans med Bror.

"Roligt att se att du är tillbaka, hur mår du?" frågade Bror.

"Jag mår bra tack. Gör dig inte till, du är knappast nöjd med att se mig igen." Samma Berit var tillbaka, sur och avig. Det var bara att ge upp, han skulle aldrig få till en bra relation med henne, tänkte Bror.

"Hej, vad roligt att se alla. Vi har några nyheter som jag vill presentera. Gunilla och Karim är nyanställda hos oss, bägge kommer att börja uppdrag ute på Astra Zeneca" och visade med handen att de skulle resa sig upp. "Dessutom har vi sedan en tid tillbaka tagit på oss omstruktureringsuppdrag. Berit och Bror har arbetat med Haverborgs nere i Krokslätt. Ett uppdrag som vi fått mycket beröm för från kunden. Vi har nu tagit ytterligare ett uppdrag inom samma område, Lordinac ett företag inom medicinsk forskning. Vi har i samband med det anställt en ny medarbetare, Mårten Jansson" sa Birger och bad Mårten resa sig upp. Bror kunde se hur Berit stelnade till en aning.

"Känner du honom?" frågade han.

"Nej inte alls, har hört talas om honom bara. Vi är i samma bransch" sa Berit och lämnade sedan hastigt lokalen. Vad var nu detta? tänkte Bror, blev hon dålig igen. Borde jag följa efter henne och se hur hon mår tänkte han men struntade i det. På det sätt som Berit agerade bjöd hon inte in till sympati och omtanke. Det fick någon annan ta tag i.

Birger kom fram och undrade om Bror sett till Berit. Han berättade att hon varit med en kort stund men sedan lämnat lokalen på nytt.

"Vad är det för problem hon har? Har hon berättat något för dig?" samtidigt som han tittade efter henne i lokalen.

"Nej jag får ingen kontakt. Hon har nästan inte varit delaktig i arbetet ute på Haverborgs och var fortfarande lika sur och avvisande när jag träffade henne idag. I ärlighetens namn, är det ingen förlust tycker jag. Jag tycker att arbetet ute på Haverborgs har gått bra och mitt samarbete med nye vd:n fungerar utmärkt. Hon sa att hon gärna ville få min hjälp med att bygga upp den nya organisationen, vilket låter skoj. Har hon kontaktat dig angående det?"

"Vad roligt, nej det har hon inte gjort. Du får ursäkta mig jag måste leta vidare efter Berit. Så här kan vi ju inte ha det" sa Birger med oro i rösten och gick spanande vidare ut i lokalen.

Bror gick runt bland kollegorna och pratade om både arbete och privata ämnen. Det var en trevlig stämning och många av kollegorna var nyfikna på Brors uppdrag som var av en ny typ för företaget. Han fick många upprörda reaktioner när han berättade om förhandlingen och informationen till de anställda som han varit tvungen att ta själv tillsammans med fackrepresentanterna. De flesta skakade på huvudet och hoppades att de skulle slippa den typen av uppgifter i framtiden. Bror skrattade lätt och sa att det inte var så farligt som det lät. Visst var det en tanke som han tänkt själv flera gånger sedan i torsdags. Till sin egen förvåning var han inte helt negativ längre. Visst hade det varit jobbigt men samtidigt intressant och han insåg att han inte nödvändigtvis skulle tacka nej till ett likande jobb om han fick chansen. Men det gick upp och ner. Ibland ville han komma bort från Haverborgs med en gång, ibland kändes det ganska bra.

Birger kom in med Mårten och presenterade honom för Bror. Sedan fortsatte han vidare bort bland lokalerna och Bror insåg att han fortfarande letade efter Berit.

”Birger nämnde att du arbetar ute på Haverborgs. Vad jag förstod var det ditt första uppdrag inom personalomstrukturering. Hur känns det? Du har jobbat med teknik tidigare förstod jag?” frågade han intresserat.

Bror fick på nytt berätta om uppdraget och sin förhandling och personalmötet. Det var nu tredje eller fjärde gången han drog historien så den flöt på bra.

”Oj, det var ett riktigt elddop. Skulle inte vd:n tagit informationen till personalen?”

”Jo men hon var tvungen att akut åka till sjukhuset då hennes grabb råkat ut för en olycka. Ingen allvarligt dock men hon kunde inte vara med.”

”Bra gjort, det där är inte lätt. Du är också ganska ung, ursäkta att jag påpekar det. Visserligen blir det inte mycket lättare med åren men något, ju mer man övar.”

”Tack, jag skulle gärna slippa i framtiden. Det verkar roligare att få vara med och bygga upp. Att avskeda personal är inte roligt. Vi ska tydligen få vara kvar och hjälpa till med uppbyggandet av den nya organisationen, vilket känns både utmanande och intressant. Vad har du arbetat med tidigare?”

”Jag har varit i den här omstruktureringsbranschen i drygt trettio år nu. Jag har fått vara med om både neddragningar och att bygga upp organisationer. Jag håller med dig, det är roligare att bygga upp än att dra ner. Förresten det stod en kvinna tillsammans med dig, vad heter hon?"

"Det var Berit som varit med mig ute på Haverborg, Berit Asklund. Är det någon du känner?"

"Nej, hon påminde mig om en kollega som jag arbetat med för många år sedan. Men hon hette inte Berit. Vet du vart hon tog vägen, skulle vara roligt att hälsa."

"Nej hon har lämnat lokalen, var krasslig. Hon kanske fick gå hem igen. Ni träffas säkert vid ett senare tillfälle."

Märkligt tänkte Bror. Han hade varit nästan säker på att Berit känt igen Mårten när han presenterades av Birger. Hon hade dock bestämt sagt att hon inte kände honom. Han verkade också känt igen henne men namnet stämde inte. Att kvinnor byter efternamn händer ju i samband med giftermål men förnamn brukar man behålla. Lite märkligt var det allt. Var det för att hon känt igen Mårten som hon lämnat lokalen?

Birger kom förbi på nytt. Han hade inte lyckats hitta Berit och hon svarade inte på telefon.

"Det här tär på mig, jag är inte van vi den här typen av bekymmer. Vad har hon för problem?" sa Birger och skakade på huvudet.

"Tyvärr kan jag inte hjälpa dig. Som jag sagt, jag får ingen kontakt med henne alls utan hon är fortsatt extremt avig och avvisande mot mig. Trots att Sandra ute på Haverborg verkar nöjd med vårt arbete så får jag inget erkännande från Berit. Snarare har hon om möjligt blivit allt svårare att arbeta med i takt med att det gått bra ute på uppdraget. En knepigare person har jag aldrig stött på. Som du vet har jag inga problem med att få till bra relationer."

"Nu släpper vi det. Roligt att du tycker det har gått bra. Jag ska kontakta Sandra imorgon och höra hur hon vill gå vidare. Hon kanske har några nyheter om Berit, de har ju kontakt sedan tidigare."

"Tyvärr får du ingen hjälp där. Sandra är också orolig för Berits beteende och känner inte igen henne. Det ska bli intressant

96

att höra hur hon vill gå vidare. Skulle vara roligt om jag fick fortsätta med att bygga upp den nya organisationen. Det skulle jag uppskatta."

"Roligt att höra, du kanske vill arbeta vidare med personalstruktureringar trots allt" sa Birger och klappade Bror farbroderligt på armen.

18

Polishuset
Måndag

Eva var sliten efter gårdagens utflykt till Jönköping. Bussen hade kommit fram vid halv tio och de var hemma i lägenheten strax före halv elva. De hade satt sig ner och tagit en kopp te och varvat ner men det kändes som om hon hade behövt ytterligare två timmars sömn när hon vaknade på morgonen.

Eva hade ett antal pågående utredningar av standardkaraktär. Några fall av misshandel både ute på stan och i hemmet. Jörgen skulle följa upp den här bilen som de identifierat utanför Rogers hus. Nu på morgonen borde han få kontakt med någon på företaget om inte Fabian, hette han väl, svarade på telefon.

Jörgen kom in till Eva strax efter nio.

"Hej, nu har jag kommit vidare med Fabian Holmar. Hans företag uppger att han åkt på semester, till Thailand. Han svarar inte på sin mobil men jag kunde lämna ett meddelande till hans hotell. Får hoppas han ringer upp oss när han får det. Med tanke på tidsskillnaden, borde han vara tillbaka ikväll lokal tid. Vilket innebär att han skulle kunna höra av sig, strax efter lunch" förklarade Jörgen.

"När åkte han till Thailand och hur länge skulle han vara borta?"

"Han åkte för en dryg vecka sedan och skulle vara borta i fyra veckor. Det är inte utan att man blir avundsjuk."

"Stämmer det att han åkt, kan det inte vara han som förföljer

Roger."

"Nej, så är det nog. Bilmodellen som hörde till registreringsskylten stämmer inte heller med bilen som Roger trodde sig se. Antingen har Roger noterat fel regnummer eller så var bilen falskskyltad. Jag har försökt nå Roger på nytt men han svarar inte på telefon."

"Har du försökt ringa hem till honom?"

"Nej, de har inget fast telefonnummer och jag har inte sökt hans fru. Borde jag göra det?"

"Vi väntar in att den här Fabian hör av sig. Onödigt att skrämma upp hans fru i onödan."

De bestämde sig för att fortsätta med sina övriga ärenden och därefter ta en gemensam lunch. Efter det fick de se om Thailandsresenären hörde av sig.

Strax för tolv gjorde de sällskap med ytterligare några kollegor och gick in till centrum för lunch. Idag blev det Bastard Burgers, en ny hamburgerkedja som alla pratat om men varken Eva eller Jörgen hade besökt den tidigare. Det var märkligt hur de gamla burgerkedjorna McDonalds, Burger King och Max blev allt färre i städernas centrum. Istället hade nya burgerhak som Bastard Burgers, Brödernas och Brooklyn Burger börjat ta över centralt. Egentligen i stort sett samma utbud konstaterade Eva, bara dyrare. Några av hennes kollegor tyckte det var en helt annan nivå på maten men Eva tyckte inte det var någon större skillnad. Jag vågar knappt berätta att jag gillar Burger King, tänkte Eva.

På väg tillbaka till polishuset ringde Jörgens telefon.

"Hej, Jörgen kriminalpolisen Göteborg", "…", "Jag är ute och går, skulle du kunna ringa tillbaka om tjugo minuter när vi är tillbaka på kontoret, eller om du vill så ringer vi upp dig."

"…" "Bra då ringer vi dig om en stund."

"Det var Fabian förstår jag. Det här ska bli spännande" sa Eva och både hon och Jörgen skyndade på stegen tillbaka till kontoret.

De sökte upp ett rum där de kunde sitta ner kring en högtalartelefon när de ringde tillbaka till Bangkok.

"Fabian Holmar" sa en mörk undrande röst när samtalet kopplades fram.

"Hej, vi som sitter här är Eva och Jörgen. Vi arbetar på kriminalavdelningen i Göteborg och har några frågor. Vi kommer att spela in samtalet om det är okej?" sa Eva.

"Är jag misstänkt för något?"

"Nej inte alls, vi har några funderingar kring din bil, som vi vill ha svar på. Det är allt."

Jörgen berättade att de fått in en anmälan från någon som misstänkte att han var förföljd och övervakad. Personen hade noterat registreringsnumret på Fabians bil.

"Vem har gjort anmälan?" undrade Fabian.

"Vi vill inte ta upp det just nu. Vi undrar var du befann dig i förra veckan?" frågade Jörgen även om de bägge visste svaret, behövde de ställa frågan.

"Då hade jag kommit hit till Bangkok, det kan absolut inte vara jag."

"Kan någon lånat din bil?"

"Nej, det är bara jag som har nycklar till den. Min bil kan inte varit någon annanstans än där jag parkerat den. Personen måste noterat fel regnummer."

"Då får vi ursäkta oss. Bra att du ringde tillbaka så vi kunde reda ut det här. Står din bil ute på Landvetter?"

"Varför frågar ni det?"

"Vi skulle behöva kontrollera att ingen stulit regskyltarna och falskskyltat en annan bil. Nu är det mest troliga att anmälaren noterat fel, men det skulle vara bra om vi kunde utesluta vår falskskyltningsteori."

"Nej bilen står på parkeringsplatsen som hör till mitt företag. Det kostar en hel förmögenhet att stå ute på Landvetter i fyra veckor. Jag parkerade vid jobbet och tog bussen ut till flygplatsen."

"Vad bra, har du något emot att vi kontrollerar din bil och ser att skyltarna inte är stulna?" frågade Eva.

"Nej absolut inte. Jag arbetar ute i Krokslätt och bilen står på plan fyra i det stora nya parkeringshuset vid Quality hotell, plats

46. Hör ni av er om ni upptäcker något?"

"Absolut. Vi åker och kontrollerar bilen på en gång. Tusen tack för att du hört av dig. Hoppas att vi inte stört din semester allt för mycket. Ha en trevlig kväll, vi skickar ett sms när vi tittat på bilen."

"Finns det någon anledning att tro att han inte är i Thailand" undrade Eva.

"Nej det tror jag inte. Jag ringde faktiskt till ett hotell i Bangkok och lämnade meddelandet som han ringde tillbaka på."

"Ja då har vi bara två alternativ kvar Ett att Roger noterat fel regnummer, två att bilen han såg var falskskyltad. Ska vi börja med att ringa Roger på nytt?"

Jörgen gjorde flera uppringningsförsök men inget svar. De kom överens om att inte ringa hans fru innan de kontrollerat Fabians bil. De avslutade ett antal andra ärenden och åkte sedan ner mot Krokslätt.

De åkte in vid nya Quality hotell och sedan upp till baksidan av hotellet där parkeringshuset låg.

"Titta där" sa Jörgen och pekade mot en stor skylt med namnet Haverborgs i rött.

"Ja just det, nu vet jag varför Krokslätts fabriker lät bekant."

De åkte in i parkeringshuset och tog sig upp till plan fyra och hittade efter en stunds letande hans parkering. Där stod en Passat, precis som det skulle. Men det fanns inga skyltar vare sig bak eller fram.

"Spännande, det här sätter hotet mot Roger i helt nytt ljus. För du trodde väl inte heller på hoten?" sa Eva.

"Det känns utan tvekan betydligt mer allvarligt än vad vi anat. Ska vi ta hit tekniker och leta efter fingeravtryck tycker du?"

"Ja det gör vi, vem vet vi kanske har tur."

När de kom tillbaka till kontoret ringde de på nytt Roger men som tidigare fick de inget svar. Nu tog de beslutet att ringa hans fru. Hon svarade på första uppringningen men visste inte var hennes man befann sig. Hon hade åkt upp till Örebro över helgen för att besöka sina föräldrar. Roger hade inte velat följa med.

Hennes mor hade fått en tid på vårdcentralen och hon hade lovat göra henne sällskap dit. Så hon hade blivit kvar under måndagen. Hon skulle komma ner till Göteborg under tisdagen.

"Hon lät inte speciellt orolig, var övertygad om att han skulle dyka upp när som helst. Han brukar vara dålig på att ta telefonen med sig, den kunde mycket väl ligga hemma om han åkt i väg på någon utflykt sa hon. Jag sa att vi skulle höras av imorgon" sa Eva.

19

Partille
Tisdag kväll

Nu skulle Evas föräldrar flytta in i sin lägenhet i Partille. De hade bilat ner från Borlänge. Stannat till över natten i Skara och hade anlänt till Göteborg under förmiddagen. Det var ett antal månader sedan som de köpte lägenheten men flytten hade försenats då den nuvarande innehavaren behövde bo kvar ett tag. En försening som inte gjorde hennes föräldrar något. De behövde göra klart med försäljningen av sitt hus och förbereda flytten ner till Göteborg. Nu var det på gång på riktigt.

Eva hade haft fullt upp med det eventuella försvinnandet av Roger och tagit emot hans hustru som kom ner från Örebro strax efter lunch. Hon hade, fortsatt, inte varit speciellt orolig, vilket förvånade Eva och Jörgen. Tydligen hade han varit på vift tidigare under deras liv tillsammans och hon var övertygade om att han skulle dyka upp. Lite märkligt hade det känts, vad var det för ett förhållande där man försvinner *ute på vift* och sedan dyker upp igen. Varken Eva eller Jörgen kunde riktigt förstå det, men alla är olika. Hon skulle åka hem och ringa runt till kompisar och sedan höra av sig imorgon. Att han skulle vara övervakad av någon bil kunde hon inte bara tro på. Å andra sidan hade de inte berättat för henne om alla turerna kring Fabian och hans bil med stulna registreringsskyltar. Det fick bli vid ett senare tillfälle om han nu inte dök upp.

Bror hade haft en helt normal arbetsdag utan några

överraskningar. Han hade arbetat vidare på projektplanen för utfasning av de gamla produkterna och hade haft ett bra möte med Johan och Gustav. Gustav var fortsatt aningen reserverad men Johan var väldigt entusiastisk och samarbetsvillig. Man hade inga nyheter från Johannas sjukhusbesök, men hon verkade må bättre och togs om hand av sina föräldrar.

Berit hade fortsatt inte dykt upp men Bror hade kommit till ett läge där han inte längre förväntade sig att hon skulle vara med. Borde han engagera sig eller skulle han lämna över det personalproblemet till Birger? Hennes beteende bjöd inte in till något närmare engagemang och han hade i ett samtal med Birger tydligt lämnat över det till honom. Men han kände ett styng av dåligt samvete, det kunde han inte komma undan.

Sandra hade kommit förbi och berättat att hon diskuterat med Birger om möjligheten till fortsatt uppdrag när man skulle börja bygga den nya organisationen. Enligt henne skulle det inte vara något problem, men Birger ville prata igenom det med honom och Berit. Bror hade undrat om hon haft någon kontakt med Berit men hon bara skakade oroligt på huvudet. Han insåg att hon hamnat i samma läge som han själv satt i. Hon fick inte tag i henne och började tappa orken att försöka få med henne.

Både Eva och Bror hade gjort en tidig arbetsdag och sedan mött upp inne i centrum för att köpa en inflyttningspresent innan de åkte vidare ut mot Partille.

"Har du haft möjlighet att kontrollera med Berit om hon vet vem den där Roger Malm är?" sa hon undrande.

"Jag hade tänkt göra det igår men Berit gick hem sjuk igen och vi har inte fått tag i henne idag" sa Bror och skakade på huvudet.

"Vad har hon för problem, vet du det?"

"Nej, har ingen aning. Hon är väldigt sluten kring sitt privatliv och öppnar inte upp för några närmare förtroenden. Jag upplever det som något nervöst eller stressat, men jag är ingen expert."

Eva valde att inte berätta om Rogers eventuella försvinnande. Hon upplevde att hon ofta varit för lösmynt om utredningarna hon arbetade med. Nu när hon hade ett försvinnande som nästan tangerade Brors uppdrag ville hon vara mer försiktig och inte spilla över onödig information. Lite spännande var det allt, Roger eventuellt försvunnen och Brors kollega Berit sjukskriven. Det hade varit intressant att fått reda på om Roger och Berit kände varandra men det fick tydligen vänta innan de kunde reda ut det.

De tog buss ut mot Partille Centrum. Lägenheten skulle de sedan nå på några få minuters promenad från busshållplatsen.

När de kom fram möttes de av en stor lastbil från flyttfirman utanför entrén. Bussen var nästan tom, möblemang och de flesta lådor var redan uppburet till lägenheten. Väl uppe möttes de av Evas mamma som kom ut och öppnade famnen mot Eva och Bror. Hennes pappa satt på en stol i köket och såg allmänt tagen ut.

"Pappa, hur mår du? Du har väl inte fått problem igen?" frågade Eva och sprang fram emot honom.

"Nej, jag mår bra. Känner mig trött bara, titta på alla kartonger som ska packas upp som står överallt. Det känns nästan övermäktigt."

Visst hade han rätt, det stod kartonger överallt. Det var svårt att förstå hur ett hem kunde skapa så många flyttkartonger. Samt nästa fråga, vart skulle allt få plats. Det brukade lösa sig, det visste både Bror och Eva från tidigare flyttövningar.

Primärt gällde att montera ihop sängen och få upp några basgrejor i köket. Bror hade tagit med sig en verktygslåda och tog med sin svärfar in i sovrummet. Eva tog med mamma för att strukturera upp i köket.

Brors mamma och pappa skulle komma senare och hade lovat ta med flyttpizza och öl. De hade några timmar på sig till dess och som alltid gick allt mycket smidigare och snabbare bara man kom igång.

Strax före sju kom pizza och öl och de kunde sätta sig ner i köket även om det var trångt med många kartonger som fortfarande stod staplade på varandra.

Eva klippte upp pizzorna i tårtbitar och ställde fram öl, sallad och servetter.

"Känner ni er som göteborgare nu?" undrade Brors mamma.

"Inte riktigt än, men snart" svarade Evas pappa och mamma i mun på varandra. "Vi känner oss så välkomna" sa Evas mamma.

"Vi hade tänkt få bjuda på middag på lördag. Det blir vi sex samt Erik och Myran. De har flyttat till Jönköping som ni kanske vet men kommer hem till helgen för att hämta sina sista prylar" berättade Brors mamma

"Tack väldigt gärna. Erik har vi inte träffat tidigare, det ska bli trevligt. Hur var det nu, hon kallas Myran men vad var hon döpt till, det har jag glömt bort.?"

"Hon är döpt till Myri, ett gammalt släktnamn, det blev snabbt Myran och hon tar inte illa upp utan har vant sig vid smeknamnet."

"Hur går det för ditt nya uppdrag Bror? Det var lite slitningar med din nya kollega förstod jag" undrade Brors pappa.

Bror fick börja med att beskriva sitt nya uppdrag för Evas föräldrar och sedan kort återge det som hänt de senaste två veckorna.

"Stackare, att behöva informera om uppsägningar. Det kan inte varit roligt" sa Evas mamma.

"Nej, roligt var det inte, men lärorikt" sa Bror och markerade tydligt att han inte ville berätta mer.

"Du har alltså lämnat det tekniska och börjat arbeta med personalomstruktureringar förstår vi. Hur trivs du med det?" undrade Evas pappa.

"Jag var inte glad när jag fick uppdraget men det känns bättre än jag trodde."

"Vi hade en otrevlig incident uppe hos oss för drygt tjugo år sedan. Det var en konsultfirma som var inne på ett större företag och skulle hjälpa till med neddragningar. Det slutade med två självmord samt ett åtal mot konsulterna för bedrägeri om jag kommer ihåg rätt" sa Evas pappa.

"Oj det lät inget trevligt, vaddå bedrägeri?" undrade Bror.

"Konsulterna hade tydligen förfalskat bevis som utgjorde

grund för uppsägning. När det kom fram hade redan de två uppsagda tagit sitt eget liv. Riktigt otrevligt, sådant sysslar ni väl inte med?"

"Nej det gör vi inte. Jag känner att vi hanterar personalen med stor respekt trots de tuffa besked vi kommer med" svarade Bror.

Eva styrde över samtalet till lägenheten och undrade hur de skulle möblera och om det var något mer de behövde hjälp med. De kom överens om att komma dit både onsdag och torsdag för att hjälpa till att packa upp.

Efter en kopp te tackade Evas föräldrar för besöket och sa att de tyvärr måste gå till sängs. Det hade varit en lång dag, de såg fram emot uppackningshjälp under veckan och middag i Furuskog på lördag.

20

Polishuset
Onsdag

"Rogers fru kommer hit, nu verkar hon riktigt orolig" var repliken som mötte Eva när hon kom in till kontoret. Jörgen hade kommit in en halvtimme tidigare och tagit telefonsamtalet.

"Inte förvånande. Det var mer konstigt att hon inte var orolig när vi pratade med henne igår" svarade Eva och Jörgen nickade.

De mötte henne i receptionen och gick sedan till ett konferensrum för samtalet. Det blev en besvärande tystnad men till sist tog hon till orda.

"Jag vill anmäla Roger försvunnen" sa hon kort och koncist.

"Vi förstår, vi är lite undrande till att du inte var orolig redan igår. Hur kan det komma sig?" svarade Eva.

"Jo, det här är aningen pinsamt" sa hon och samlade ihop sig. "Vi har under en längre tid varit väldigt öppna med att vi kunde träffa andra. Jag kan förstå att det låter märkligt men det var ett gemensamt beslut och det har fungerat bra för oss. Jag var övertygad om att han var hos någon av de kvinnor han träffat på sidan om. Vi har informerat varandra vilka vi träffar och jag har nu pratat med var och en och de vet inte heller var han är. Kanske har han träffat någon ny, men det tror jag inte, det hade han berättat om."

"Jaha, det var spännande. Tror du trots det att det inte kan vara någon ny som han träffat?" undrade Jörgen.

"Kanske men inte troligt. Dessutom har han påstått att han

varit övervakad. Jag börjar misstänka att det kanske ligger något bakom det, trots att jag ignorerat hans oro tidigare."

"När hade du kontakt med honom senast?" frågade Eva.

"Vi pratades vid i söndags kväll. Jag berättade att jag behövde stanna en dag till och hjälpa mamma. Efter det har jag inte hört något."

"Hur ofta brukar ni ha kontakt?"

"Vi brukar höras av minst någon gång i veckan om vi inte är på samma plats. Att han hörde av sig på söndag kväll och därefter inget mer var inte konstigt. Vi skulle ju ses på tisdag."

"På vilket företag arbetar Roger. Jag vet att han varit ute på ett uppdrag hos DuoBit men hos vem är han anställd?"

"Han är egenföretagare. Han har arbetat i eget företag i sju eller åtta år. Tidigare var han anställd på någon större konsultfirma, jag kommer inte ihåg vilken."

"Vad kan ligga bakom hans försvinnande. Finns något i ert privatliv som kan vara orsaken?"

"Nej inget alls, jag är övertygad om att det måste hänga ihop med hans arbete. Det finns inget som han pratat om som jag kan misstänka ligger bakom. Tyvärr kan jag inte hjälpa er mer."

"Vi skulle behöva prata med din mans kvinnobekanta som du nämnde. Det kan vara så att de berättar mer för oss än för dig. Dessutom skulle vi behöva få en förteckning över din mans kunder."

"Javisst, jag har skrivit ner namnen på tjejerna och om ni följer med hem till oss kan ni få tillgång till företagets kundregister. Jag hjälper till med bokföringen så jag har alla uppgifter."

"Vad bra, jag tar hand om kontaktuppgifterna och Jörgen följer med dig och hämtar kundregistret. Kommer du på något mer hör av dig direkt, du kan ringa när som helst under dygnet. Som du förstår tar vi detta på stort allvar" sa Eva och räckte över sitt visitkort.

Eva bestämde sig för att ringa upp Rogers tjejbekanta på en gång i väntan på att Jörgen kom tillbaka med kundregistret. Telefonsamtalen gav inget mer än vad hon redan visste. Ingen av tjejerna kunde ge någon mer information. Ingen hade haft kontakt med Roger på flera veckor. Det spåret verkade dött.

När Jörgen kom tillbaka satte de sig ner med kundregister och uppdragsregister för bolaget. I registret fanns det drygt fyrtio olika bolag. Tyvärr väl många. Att följa upp alla dessa skulle bli tidskrävande. Eva hade fått okej på att använda ett antal aspiranter. Hon satte ihop en frågelista som de skulle dokumentera när de ringde runt till företagen.

"Ska vi knacka dörr kring hans bostad?" frågade Jörgen.

"Bra idé, vi sätter två av aspiranterna på det och de andra på kundregistret."

De kallade in resurserna som de fått sig tilldelade och delade ut uppdragen. Sedan gick de tillbaka och satte sig ner i Evas arbetsrum.

"Vad tror du om det här?" undrade Jörgen.

"Jag känner mig orolig. Brevet och de här stulna regskyltarna pekar på att det är något planerat. Jag trodde från början att det bara var något dåligt skämt men med bägge dessa incidenter, går det inte riktigt ignorera" svarade Eva.

"Märkligt det här med att acceptera förhållanden på sidan om. De verkar ändå som om de bryr sig om varandra. I alla fall hon, hon verkar riktigt orolig. Men jag förstår det inte, gör du?"

"Nej jag håller med. Jag trodde sådant där hörde till tv-serier och böcker enbart. Tydligen finns det också i verkliga livet. Det skapar en del frågetecken."

Det hade varit ren tur att Eva fått loss de här extra poliserna. Hon hade pratat med sin chef och försiktigt undrat om det fanns några resurser att låna när han nämnde att de fått fyra aspiranter tilldelade som de skulle sysselsätta. Hade hon något vettigt att sätta i händerna på dem kunde hon börja med en gång. Utan förstärkningen hade de varit tvungna att lägga det här på is ett tag.

De hade båda andra arbetsuppgifter att ta tag i och betade av ett antal administrativa ärende och mindre utredningar under förmiddagen. De gick i väg på en gemensam lunch och var tillbaka strax före ett för en avstämning.

Aspiranterna var riktigt entusiastiska. Det här var tydligen deras första riktiga uppdrag. Anna och Julia hade knackat dörr och Caroline och Hampus hade suttit i telefon med kundregistret.

"Hej, hur har det gått för er. Ska vi börja med dörrknackningen" sa Eva och lämnade över ordet till Anna och Julia.

De hade knackat dörr på gatan där Roger bodde och fått kontakt med nästan alla grannar. Två hus hade de inte fått svar hos, de skulle behöva komma tillbaka ikväll. Hos två av de andra hade de fått träff på bilen som Roger sett. Bilen hade stått på gatan några hus från Rogers men på olika platser under flera dagar. De fick bekräftat att det var en mörkgrå Volvo och en av grannarna hade noterat registreringsnumret som stämde överens med Fabians stulna skyltar.

"Hade man sett någon person i bilarna?" undrade Jörgen.

"En av grannarna hade sett två personer i bilen. Bägge hade haft huvtröjor och keps. Det fanns inget signalement och man visste inte om det var kvinnor eller män."

"När hade man sett bilarna?"

"En av grannarna hade noterat bilen både torsdag, fredag och lördag. Eftersom de stod parkerade på olika ställen hade han blivit misstänksam och noterat regnumret. Det var han som noterat att de satt två personer i bilen" berättade Anna.

"Spännande, hur har det gått för er med kundregistret?" sa Eva och bjöd in Caroline och Hampus.

De berättade att de hunnit få kontakt med alla kunder som Roger haft uppdrag hos de senaste tre åren. De behövde ytterligare flera timmar för att gå igenom hela registret.

"Vad har ni fått fram från dessa kunder?" frågade Jörgen.

"Nästan alla uppdrag har varit utbildningsinsatser i arbetsrätt. Endast ett företag hade tagit in honom för stöd i en reducering av arbetskraften. Det fanns ingen konflikt eller upprörda känslor i det uppdraget. Företaget hade varit mycket nöjd med hans insats, framför allt hans ödmjuka sätt och den stora respekt han visat de som drabbats av neddragningen."

"För tillfället har vi alltså bekräftat att någon troligen övervakade honom och kanske står bakom bortförandet om det nu är ett sådant. Däremot har vi inte hittat något motiv till varför någon skulle skickat det här brevet eller till hans försvinnande" sammanfattade Eva.

De kom överens om att de skulle fortsätta beta av kunderna och uppdragen längre bakåt i tiden.

"Det är spännande att han senaste tiden nästan bara sysslat med utbildning. Att en utbildning skulle skapa hat och hot verkar helt otroligt. Jag ska slå hans fru en signal så får vi se" sa Eva och lyfte luren.

Hans fru svarade direkt och bekräftade att han nästan uteslutande tagit utbildningsuppdrag. Han hade nämnt att han helst inte ville arbeta med de där struktureringsuppdragen som han haft tidigare. Hon trodde inte de skulle hitta många sådana, han hade tackat nej till de flesta jobb av den typen.

"Spännande, han verkar mer eller mindre lämnat alla omstruktureringsuppdrag och helt fokuserat på utbildning. När jag lyssnar på Brors erfarenhet kan jag förstå att man vill undvika den typen av uppdrag. På något sätt får man intrycket av att han haft otrevliga erfarenheter tidigare. Vi måste fortsätta leta oss bakåt i tiden om vi ska hitta anledningen till det här" sammanfattade Eva när hon avslutat samtalet.

21

Jönköping
Torsdag

Idag skulle bli första riktiga arbetsdagen för Myran. Visserligen hade hon varit på kontoret i tre dagar men den mesta tiden hade gått åt till att kvittera ut dator, telefon, och få tillgång till alla datasystem. Att det skulle ta sådan tid var närmast ofattbart, men det hade det gjort med råge.

Nu på eftermiddagen skulle de åka ut till Qelec, företaget med den pågående omorganisationen. Förmodligen även träffa konsulten som Gunvor arbetat med tidigare och som orsakat den konstiga stämningen, senast de var där. Innan de åkte dit skulle de gå igenom ärendet här på kontoret. Skulle bli lite av en läroprocess i ett verkligt fall.

Gunvor var förhandlingspart hos Unionen, medan Myran skulle sitta med som någon form av assistent. De satte sig i ett ledigt konferensrum och Gunvor redogjorde för ärendet.

"Företaget ville reducera sin personalstyrka med fyra personer. Resultatmässigt går företaget bra men hävdar att man behöver göra den här förändringen för att stärka sin konkurrenskraft på sikt. Personligen misstänker jag att det inte stämmer, utan man vill helt enkelt göra sig av med fyra obekväma medarbetare", förklarade Gunvor.

"Men så får man väl inte göra?" sa Myran.

"Nej egentligen inte, det här är en av de vanligaste typerna av ärenden vi hanterar. Att man vill reducera personalstyrkan för att förbättra sitt kostnadsläge är inget vi kan ha åsikter om, även om företaget visar bra siffror. De har alltid rätt att försöka skapa ett ännu bättre resultat. Utan det är snarare vilka personer de vill avskeda som blir vårt dilemma, förklarade hon. Följde man lagen om sist in först ut skulle ingen av de fyra som finns på listan vara aktuella för avsked."

"Jag förmodar att man redovisat något argument för att det ska bli just dessa fyra" sa Myran.

"Så här är det" sa Gunvor och ställde sig vid white boarden.

Hon skrev upp fyra punkter som hon påstod var de vanligaste knepen för att motivera undantag från turordningsreglerna.

1. Unik kompetens på de som anställts senare.
2. Nedläggning av kontor och omplacering av personal till andra kontor. Man räknar kallt med att personer inte vill flytta med även om de får ett sådant erbjudande.
3. Överflyttning av arbetsuppgifter, till exempel så man gör sig av med sekreterare och hävdar att befintlig personal ska hantera den typen av uppgifter själva.
4. Outsourcing. Ger möjlighet att bli av med obekväma kollegor som övergår till annan arbetsgivare, alternativt slutar i samband med ändringen.

"Punkt ett känner jag till från utbildningen. Punkterna två och fyra känner jag igen från min bror. Han arbetar som konsult hos ett företag i Göteborg där de lägger ner ett antal kontor samt outsourcar viss verksamhet. Vilka knep åberopar man hos det här företaget?"

"Jaha, du har en bror som arbetar med omstruktureringar, men på andra sidan så att säga. Hur känns det?"

"Inget speciellt, utan det är bara ett märkligt sammanträffande. Det kommer att bli en del diskussioner i ämnet framöver, det är allt."

"Tillbaka till Qelec. De hävdar en kombination av kvalifikationer och överflyttning av arbetsuppgifter. Två av personerna vill man undanta på grund av unik kompetens och vad jag förstår har vi svårt att inte acceptera det. Däremot är argumenten för de andra två inte okej tycker jag. Det är en man och en kvinna som bägge har arbetat mer än tjugofem år i företaget. När jag pratade runt med andra medarbetare på firman hävdar nästan alla att de inte har tid att ta över deras arbetsuppgifter som en del av sitt vanliga arbete. Dessutom påpekar många att de två som pekats ut uppfattats som obekväma av en ny chef på företaget. Det är han som ligger bakom förslaget. Från min sida är det dessa två vi ska slåss för."

"Hur kan man ens komma med ett sådant förslag. Att föreslå att två medarbetare som arbetet i mer än tjugofem år ska avskedas. Jag blir upprörd. Händer det här ofta?"

"Tyvärr oftare än man kan tro. Många gånger har vi svårt att argumentera emot. Att man organiserar om och flyttar över arbetsuppgifter är återigen inget som vi kan förbjuda. Jag vill att vi ska kämpa för dessa två och jag har redan meddelat att vi inte accepterar förslaget. Vi får se vad de säger när vi kommer dit i eftermiddag."

Myran var inte så lite desillusionerad efter mötet. Var det den här typen av ränksmiderier som hon skulle arbeta med. Var företagen så syniska som Gunvor hävdade. Bror hade berättat att han gjort smidiga förslag i sin omstrukturering. Vissa hade erbjudits förtidspension och på vissa lokalkontor hade man förlängt uppsägning av kontoren. Men det kanske var Brors förtjänst. Han var mån om komma till en bra lösning och visa de som drabbades så stor respekt som möjligt. Vad hon förstått hade hans kollega inte hållit med, men hon hade blivit sjukskriven. Skulle bli roligt att träffas hemma hos mamma och pappa på lördag och få höra mer.

De gick på gemensam lunch med ett antal kollegor på kontoret. De vandrade in till centrum och landade på en pub med ett bra urval av olika rätter som passade alla i gruppen. Hon fick en hel del frågor om Göteborg och varför de flyttat till Jönköping. Hon fick även möjlighet att bekanta sig med sina kollegor vilket det inte funnits tid till på kontoret. Det verkade vara ett trevligt gäng, här skulle hon trivas bra.

Strax efter ett åkte de i väg till Quelec. De skulle träffa den lokala fackrepresentanten en stund innan mötet med företaget.

Hon var en dam, ja Myran tyckte dam var rätt beskrivning, med korrekt och strikt klädsel. Håret uppsatt i en stram hästsvans och gav ett avståndstagande intryck.

Hon berättade att hon pratat runt med många inom företaget om det förslag som lagts fram.

"Det är uppenbart att den nya chefen på avdelningen är en cyklist, inte speciellt omtyckt av fotfolket" sa hon sammanfattande.

"Cyklist?" undrade Myran.

"Ja en som kröker rygg uppåt och trampar neråt, har du inte hört det förut?" sa hon och tinade upp en aning med ett brett leende.

"Nej, det hade jag inte, jag förstår dock andemeningen."

"Han kör väldigt hårt och vill uppenbarligen visa resultat för ledningen omgående. Att han vill bli av med Filip och Birgitta beror på att de protesterar och inte svansar med som alla andra. Inget annat."

"Har du någon aning om hur ledningen ser på det här?" undrade Gunvor.

"De låter honom hållas men om vi ställer till med problem är jag inte säker på att han klarar sig undan kritik."

"Då ställer vi till med problem, tycker jag?" sa Gunvor och log konspiratoriskt.

När de kom in till konferensrummet möttes de av Ronald Nestin, avdelningens chef, och konsult Anders Frisk. Anders hade de som hastigast hälsat på i förra veckan när de var uppe på ett snabbt besök.

"Kan vi avsluta förhandlingen nu" sa Ronald och vände sig mot Gunvor.

"Tyvärr inte. Vi accepterar de två personer ni undantagit med hänvisning till kompetens, det vill säga Marcus och Erika, men vi kan inte acceptera att ni vill avskeda Filip och Birgitta. De bägge har arbetat här länge och när vi följt upp med kollegor har de gjort ett bra arbete och aldrig varit ifrågasatta. Att undanta dessa två från turordningsreglerna accepterar vi inte."

"Men Gunvor, vad är det här? Så här besvärlig var du inte

förr i tiden" sa Anders Frisk med en överlägsen och nedlåtande ton.

"Vissa av oss tar lärdom av tidigare erfarenheter, det verkar inte du ha gjort. Ni får gå tillbaka och tänka till igen eller vi driver ärendet till arbetsdomstolen" sa Gunvor och reste sig upp och lämnade konferensrummet uppenbart mycket irriterad.

Efter en besvärande tystnad reste sig även Myran och den lokala fackrepresentanten upp och lämnade rummet. Myran konstaterade att avdelningschefen vände sig starkt missnöjd mot konsulten. Hade varit intressant att sitta kvar som en fluga på väggen, tänkte Myran när hon stängde dörren efter sig.

Ute i receptionen satt Gunvor fortfarande märkbart upprörd. De kom överens om att begära en ny förhandling i nästa vecka, vilken den lokala fackrepresentanten skulle boka in.

"Vad var det där?" frågade Myran när de satte sig i bilen.

"Vi satt i en gemensam förhandling för många år sedan. Jag var ung och dum då och gick med på förslag från företaget och den där konsulten som jag ångrat hela livet. Det har jag aldrig gjort sedan dess och kommer aldrig mer att göra."

"Kan du berätta?"

"Nej helst inte. Det har jag lagt bakom mig. Nu åker vi tillbaka till kontoret."

22

Kindblom & Thorning
Fredag

Birger hade hört av sig på fredag morgon och bett Bror komma in till firman. Han lät både stressad och väldigt angelägen. Undrar vad det kan handla om? tänkte Bror när han kom in till kontoret. Ute i kafferummet mötte han Birger som såg precis så stressad och bekymrad ut som han gett sken av i telefonen. De tog med var sin kaffe och gick in på hans kontor.

"Berit har sagt upp sig" sa han och väntade in en reaktion från Bror.

"Jag vet inte om jag är förvånad. Jag har insett att man kan förvänta sig vad som helst från den där kvinnan?" sa Bror och lämnade tillbaka initiativet till Birger.

"Jag vet faktiskt inte varför, hon ringde bara och sa upp sig. Hon vill avsluta så snart som möjligt. Hur ser du på det?"

"För att vara riktigt ärlig, påverkar det oss inte. Hon har i princip inte varit närvarande sedan jag började på uppdraget. Som jag nämnt till dig har hon verkat bekymrad och orolig. Sandra på Haverborgs säger samma sak. Hon känner inte igen henne från de samarbeten de haft tidigare."

"Skulle du kunna fortsätta med uppdraget utan Berit?"

"För egen del är det inga problem, det är mer upp till uppdragsgivarna."

"Om det är okej för dig tar jag ett samtal med vd:n och de nya ägarna. Jag har bett Berit att komma in på måndag för att vi ska prata igenom hur vi avslutar hennes anställning. Då vill jag att du är med."

"Inga problem."

"Sedan var det en sak till. Mårten, du vet vår nya medarbetare har hört av sig och ville gärna träffa dig och Berit. Jag sa att du skulle vara här nu på förmiddagen, han skulle komma in strax efter nio."

De skildes åt och Bror gick ut för att ta ett snack med några kollegor som han såg var inne på kontoret. Kollegorna var väldigt nyfikna på hans nya uppdrag. Vissa hade han redan pratat med på företagsmötet i måndags men han fick berätta på nytt för ett antal andra kollegor. Det var ju en helt ny typ av uppdrag och många funderade på om det här skulle bli en vardag, för dem också. Bror berättade öppenhjärtigt om sina dubier när han fick uppdraget och om sin ångest han upplevt när han skulle förhandla om neddragningen och sedan fick hålla informationsmötet med personalen. Han förstod att det han berättade inte var någon bra reklam för den här typen av jobb. De som lyssnade visade alla tydligt hur illa de tyckte om händelserna som Bror berättade om.

"Men det finns positiva delar också" sa Bror. Han förklarade att han såg sin insats som en del i att skapa en så smidig omstrukturering som möjligt. Att han lyckats utverka längre uppsägningstider för vissa lokalkontor och att han fått företaget att gå med på förtidspension.

"Du jobbar nästan på företagarnas sida, är det så?"

"Nej det gör jag inte. Det är alltid så, att ska en sådan här operation gå bra krävs det både givande och tagande från bägge sidor. Utan min insats hade det blivit en mycket hårdare konflikt ute på arbetsplatsen. I alla fall vill jag gärna tro det."

Mårten kom in och frågade Bror om han hade tid. Kollegorna lämnade och gick tillbaka mot sina arbetsplatser. Undrar vad jag lämnade för intryck om vårt nya affärsområde? Jag får följa upp senare, tänkte Bror.

"Ursäkta att jag går rakt på sak. Men kan du berätta om ert uppdrag och hur ni lagt upp arbetet mellan er, du och Berit? Det var väl hennes namn?" sa Mårten och var uppenbart stressad.

"Jo hon heter Berit Asklund. Tycker du fortfarande att du känner igen henne?"

"Hon var väldigt bekant, men det var för nästan trettio år sedan. Jag minns fel. Hade dock varit roligt att hälsa på henne. Är hon inte här idag?"

"Nej, hon har tydligen sagt upp sig och ska lämna oss."

"Jaha, var inte hon nyanställd, vet du varför hon slutar?"

"Nej men hon har varit väldigt orolig och stressad. Jag har upplevt att hon haft någon form av problem hemmavid. Men hon är väldigt sluten och släpper inte in någon i hennes egen sfär. Om jag får gissa anar jag som sagt att det är något privat och inte har med vårt bolag eller vårt uppdrag att göra. Hon ska komma in på måndag, får nog veta mer då."

"Vet du om hon tagit emot någon form av hot kopplat till sitt arbete?" undrade Mårten.

"Varför frågar du det. Har du tagit emot något hot?"

"Genom åren så visst har man fått höra en del tillmälen, men inte direkta hot. Men ofta bara uttalade i affekt. Med de uppdrag vi gör är det i det närmaste oundvikligt. Att förlora jobbet är en av de mest traumatiserande händelser man kan tänka sig. Dödsfall och skilsmässa är de andra två om jag kommer ihåg rätt."

"Jag upplever att du håller inne med något. Har du blivit utsatt för hot? eftersom du frågar? Har du det ska du polisanmäla."

"Nej det går inte, då skulle man springa till polisen titt som tätt. Tack för pratstunden" sa Mårten och reste sig upp och lämnade rummet.

Visserligen hade det varit en del hårda ord efter informationen men precis som Mårten sagt var det mer uttalat i affekt. Många hade dessutom kommit fram och bett om ursäkt efteråt. Men trots det så var det inte trevligt, konstaterade Bror.

Birger kom förbi och föreslog att alla skulle gå på en gemensam lunch. Det var många som var inne på kontoret så han tyckte det skulle passa bra. Firman skulle stå för notan så Birger föreslog en finare lunchrestaurang.

Det blev en lunch på Avalon hotell. Schnitzel med råstekt potatis och alla de rätta tillbehören anjovis, kapris, stekt ägg och rödvinssås. Till det en härlig salladsbuffé och gott nybakt bröd. Det blev en riktig festmåltid så här på fredag lunch. Stämningen var god och samtalen var som vanligt en blandning av jobb och privat. Bror noterade att Mårten satt tyst och fundersam för sig själv.

"Vad ville Mårten prata om" undrade Birger när de var tillbaka på kontoret.

"Inget speciellt, han var nyfiken på hur jag och Berit delat upp arbetet bara" sa Bror men kände samtidigt att han fick dåligt samvete för att han inte tog upp Mårtens snack om hot. Hur skulle han kunna det, det hade bara blivit konstigt. Birger tittade på honom med en blick som antydde att han inte riktigt trodde på det Bror sa. Men inget mer än så.

Bror kom ihåg konsulten som polisanmält ett hotbrev till Eva. Han hade inte hört vad som hänt efter det. Mårten hade inte tagit emot något brev, eller hade han det? Kunde det hänga ihop? Han hade frågat Berit om hon kände Roger och Mårten men hon hade inte gjort det, annat än som kollegor i branschen. Undrar om Mårten vet vem Roger är, det skulle han komma ihåg att fråga när de träffades nästa gång.

Men nu var det helg. Veckorna gick i rasande fart och veckan hade varit intensiv. Dessutom hade de varit hemma hos Evas föräldrar både onsdag och torsdag och packat upp. Det hade varit trevligt men det hade inte blivit mycket egen tid den här veckan. Dessutom var Bror trött på att vika ihop flyttkartonger. Det hade blivit hans uppdrag och det var utan tvekan jobbigt. De hade tömt och vikt ihop drygt hundratal kartonger och det fanns fortfarande ett antal kvar. Ikväll skulle de ta det lugnt, äta en god bit mat och titta på någon film. Det hade de varit överens om bägge två när de kom hem igår från uppackningsbestyren i Partille. Bror hade lånat Budapest Grand Hotel av en kollega. En film som de länge hört talas om men aldrig sett. Den skulle vara en upplevelse, det hade alla sagt.

När de kom hem orkade de inte med att laga mat, de beställde pizza som de gick och hämtade. Pizza och öl är aldrig fel. Fram för allt efter en intensiv vecka. Kvällen hade blivit så lugn och skön som de bägge önskat. Om inte filmen varit bra hade de troligen somnat ifrån den.

23

Furuskog
Lördag

Efter en intensiv vecka skulle det bli trevligt att komma hem till Furuskog och en stor middagsbjudning. De skulle bli åtta stycken, Bror och Evas föräldrar samt både Bror och Myran med respektive.

Under lördagen skulle Bror och Eva ut och titta på möbler. De funderade på att eventuellt byta ut delar av sitt möblemang och hade varit på besök hos ett antal affärer för att få nya idéer. De visste inte riktigt vad de letade efter men de ville förnya vardagsrummet som hade många år på nacken och bestod av billiga inköp gjorda i början av deras vuxna liv. De hade fastnat för några nya soffor och tagit med broschyrer för att rådgöra med föräldrar och syskon. Om det nu gavs något utrymme för det under middagen. Myran och Eriks flytt till Jönköping skulle ta upp en stor del av kvällen.

Det hade blivit en hel del resande kors och tvärs i Göteborg mellan olika möbelaffärer. Alla affärer var spridda runt om i staden det hade blivit många timmar på buss och spårvagn. De hade stannat till i Sisjön centrum och ätit lunch på Saray, en turkisk grill som nyligen öppnat söder om stan. Originalet låg ute i Gammelstaden och där hade Bror varit på besök för ett antal år sedan och hade upplevt maten som spännande och intressant. De beställde var sitt lammfärsspett, Urfa hette rätten, som serverades med vitlöksyoghurt och råstekt potatis. Smakade bra men inte nödvändigtvis en höjdare. Det skulle vara roligt att testa något annat nästa gång.

De hade inte ägnat någon tid till att diskutera sina respektive utmaningar på arbetet. Ikväll skulle samtalet komma in på Bror och Myrans nya uppdrag och jobb, helt naturligt. Det var en ny situation nu när Evas föräldrar flyttat ner till Göteborg. Nu hade de bägge sina föräldrar nära inpå, vilket var bra. De upplevde ingen oro för att de skulle tränga sig på, utan de såg fram emot att kunna hälsa på både i Furuskog och Partille framöver. Eftersom deras föräldrar blivit goda vänner så skulle det nog bli många gemensamma träffar.

De stannade till vid Allum centrum, köpte en blomma och gick sedan upp till Brors föräldrahem i Furuskog. De tog knappt tjugo minuter men en rejäl uppförsbacke gjorde att de bägge andades tungt när de kom fram.

Alla andra var redan på plats. Evas föräldrar hade kommit fram strax före och Myran och Erik hade varit där hela eftermiddagen.

Myran hade bara träffat Evas föräldrar som hastigast men Erik hade de aldrig träffat tidigare. Det blev en hel del uppdatering från bägge håll. Information som varken Bror, Eva eller hans föräldrar behövde vara del av. De samlades istället ute i köket och hjälpte till med maten som skulle serveras. Bror kunde inte låta bli att skratta när han hörde det ofta återkommande samtalsämnet när någon träffade Myran för första gången.

"Jag kom ihåg att du var döpt till Myri. Ett jättefint namn tycker jag. Ska vi kalla dig Myri eller Myran?" undrade Evas mamma

"Det går bra med vilket som, Myri eller Myran, välj själv."

"Middagen är serverad" ropade Brors mamma och bjöd in till matrummet som låg intill köket. Där hade de ett runt matbord som kunde byggas ut med iläggsskivor och faktiskt i sin maximala variant rymma tolv sittande gäster. Det var sällan man använde bordets fulla kapacitet men idag var det nödvändigt.

Det blev en hel del frågor om den nya lägenheten i Partille

och om huset som de lämnat uppe i Borlänge. Eva fyllde i att de varit där och hjälpt till att packa upp samt att Bror var trött på att vika ihop flyttkartonger. Det var det han klagat mest på, sa Eva och knuffade honom retsamt i sidan.

Evas föräldrar tackade för hjälpen och utlovade en middag i lägenheten så snart som de kommit lite mer i ordning. Därefter blev det Myran och Eriks tur att berätta om sin nya lägenhet. De hade efter Bror och Evas besök nu valt lägenheten som låg en bit sydväst om centrum på Mångatan. Eva tyckte de gjort ett bra val och undrade när de skulle komma och hjälpa till med inflyttning. Det blir om cirka fyra veckor förkunnade Myran och log brett. Bror suckade lite skämtsamt och hoppades att de hade något färre antal flyttkartonger än de som flyttat in i Partille.

Det var nya maträtter som serverades. Två smördegsbaserade förrätter. En med inbakade korvar och en med strimlad skinka och ost. Till huvudrätt serverades helstekt lammfilé med en balsamicosås med citronzest som var väldigt god. Rätter som skulle återkomma det var alla övertygade om. Bror blev väldigt förtjust i smördegsförrätterna och skulle ta med sig recepten för framtida egna bjudningar. Efter maten serverades kaffe och en efterrätt ute i vardagsrummet.

"Nu vill vi höra allt om ditt nya uppdrag Bror och ditt nya arbete Myran. Ja även om ditt nya, Erik" sa Brors pappa.

Erik berättade kort om sitt nya jobb. Alla tyckte det var spännande med de tillväxtplaner som företaget hade. Bror och Myrans föräldrar hade många råd och tips om hur han borde arbeta på att sälja in sina konsulter, vilket var mycket uppskattat.

Sedan gled samtalet över på syskonens nya uppdrag och arbeten. Alla höll med om att det var spännande att de hamnat i samma typ av område även om de satt på olika sidor av förhandlingsbordet.

"Du berättade ju om uppsägningarna du var tvungen informera om, Bror, när vi träffades i tisdags. Det var ett riktigt elddop vill jag säga" sa hans mamma och la en tröstande hand på hans arm.

"Det var jobbigt. Men det är som man säger, det som inte

dödar dig gör dig starkare, eller något sådant."

"Men hur gick det med din nya kollega som du skulle assistera? Du var inte helt komfortabel med henne. Varför var det inte hon som hanterade förhandlingen och varför var det inte nya vd:n som informerade personalen?" undrade Brors mamma.

"Min kollega var bara med i början av projektet men sedan har hon varit sjukskriven mest hela tiden. Den nya vd:n var tvungen åka in till sjukhuset då hennes son skadat sig när informationen skulle hållas. Jag har fått hantera det här nästan helt själv, men med bra stöd från Sandra."

"Sandra?" undrade Brors mamma.

"Den nya vd:n heter så" förklarade Bror.

"Det har du inte haft något emot, hon ska tydligen vara riktigt snygg" sa Eva retfullt.

"Vi hade en stor neddragning på Ericsson för några år sedan. Då var det medarbetare som arbetat i mer än tjugo år som fick gå. De hade fel kompetensprofil sa man och facket sa inte emot. Alla var fokuserade på att rädda sitt eget skinn. Jag tyckte det var skamligt, var inte roligt att arbeta för ett företag med den typen av värderingar" fyllde Brors mamma i och skakade på huvudet.

"Ja vi hade också ett tråkigt fall ute i våra trakter för många år sedan, som vi berättade om i tisdags kväll. Då hade konsulten planterat ut så kallade bevis för att man brutit mot tystnadsplikten vilket resulterade i att två personer fick gå. Innan man lyckats bevisa att det var påhittat hade bägge tagit sina liv. Det var tragiskt" sa Evas pappa.

"Men vad hände med konsulterna?" undrade Myran.

"Det blev åtal och den drivande konsulten åkte i fängelse. Vad som hände med de andra vet jag inte. Jag hoppas att ni inte sysslar med den typen av aktiviteter?" sa Evas mamma och vände sig mot Bror.

Bror förklarade hur han arbetat fram en omstruktureringsplan där man lyckats säkerställa arbete fram till pension och förtidspension för de som låg nära pensionsåldern. Han kunde se att han fick acceptans för det han gjort av alla, vilket kändes bra.

"Jag har också en intressant sak att berätta" sa Myran och berättade sedan om förhandlingen där hennes kollega blivit tillrättavisad på ett otrevligt sätt och hur hon besvarat påhoppet.

Samtalen gick över till andra mer vardagliga ämnen och framemot elva bröt Bror och Eva och Evas föräldrar upp och tackade för en trevlig kväll.

24

Haverborgs
Måndag

Söndagen hade varit lugn och skön. De hade tagit en lång promenad genom centrum av Göteborg i det fina vädret. Det var skönt att koppla av och de valde avsiktligt att inte prata om jobb över huvud taget. De tog en fisksoppa uppe på en restaurang i Arkaden. Bra mat och trevlig betjäning. Hemma igen blev det en snabbstädning och därefter avslappnat med var sin bok i soffan.

Nu på måndag morgon skulle Bror arbeta med en ny avstämning ute på Haverborgs. Projekten som de beslutat sig för att starta upp var nu bemannade och de skulle ha en gemensam genomgång av dessa. Sedan förväntade han sig en ny diskussion med Sandra angående förlängningen av uppdraget. Det såg han fram emot. Att få vara en del av uppbyggnad var mycket trevligare och positivare än att hantera neddragning. Att det skulle vara så var egentligen självklart. Han undrade om Berit tyckte samma sak eller om hon var en som gick i gång på neddragningar och att lämna tuffa besked. Han visste inte riktig, men han misstänkte att hon gillade att röja i det negativa mer än att bygga upp. Kanske var han orättvis, hon hade inte riktigt fått visa fullt ut vad hon gick för. Nu hade hon sagt upp sig också. Men vad han förstod skulle hon slutföra en del saker först. Att de inte riktigt funnit varandra var uppenbart. Han undrade om de hade kunnat hitta en vettig relation om hon varit kvar. Han var inte helt övertygad.

Det var Johan och Gustav som skulle hjälpa Bror med utfasningen av äldre produkter. Precis som Valdemar hade antytt var de två givna resurser för den typen av arbeten. De skulle mötas vid nio för en genomgång. Efter lunch skulle han träffa Sandra angående fortsättningen som hon var intresserad av.

När han kom till mötet var fackrepresentanterna Hilda och Per närvarande. Varför visste han inte riktigt, det skulle visa sig. Johan var som vanligt glad och positiv, Gustav även han som vanligt, mer avvaktande och nästan avvisande. Per och Hilda mer korrekta, varken uppenbart positiva eller negativa i sin attityd.

"Hur har det gått för Johanna?" undrade Bror.

"Hon har inte blivit sämre, men hon är långt ifrån bra" svarade Johan kort.

"Har hon varit sjuklig tidigare eller kom det här som en överraskning?" undrade Bror.

"Både och, hon har en historia med problem från en knepig uppväxt. Var riktigt sorgligt. Bägge hennes föräldrar gick bort när hon var femton år. Det har varit bra länge. Problemen blev värre när hela den här neddragningen kom på tal. Faktiskt blev det uppenbart sämre efter att hon varit här på det första informationsmötet som Berit och Sandra höll i. Några veckor innan du kom in i bilden."

"Previa har gått in och hjälper till och hon har bra stöd av sina föräldrar så det kommer att gå bra" förklarade Per.

"Skönt att höra, ska vi gå över till vårt projekt."

"Javisst, hur är det med Berit. När får vi träffa henne igen?" undrade Johan.

"Berit har sagt upp sig från vårt företag och kommer att lämna uppdraget. Var det något speciellt som du ville ta med henne?"

"Oj, det var överraskande. Hur kommer det sig?"

"Vet faktiskt inte. Hon har inte mått bra senaste tiden. Misstänker att hon har personliga problem som ligger bakom beslutet. Jag har inte pratat med henne själv, jag vet inte riktigt."

"Men hon är kvar ett tag till. Jag skulle gärna vilja träffa henne för att stämma av vissa saker som hon tog upp vid sitt första möte. Innan du kom in i bilden."

"Okej, jag ska undersöka det. Jag återkommer" svarade Bror. Konstigt att han är så intresserad av att träffa Berit. Hon har inte varit med i projektet senaste veckorna. Känns märkligt, vad kan hon tagit upp som fortfarande kan vara aktuellt. Som sagt mycket märkligt, tänkte Bror.

Bror tog på nytt tag i projektplanen som de arbetat fram för avvecklingen av de aktuella produkterna. De gick igenom alla aktiviteter och gjorde en del justeringar. Bror insåg att det var en stor fördel att ha med Per och Hilda som bidrog konstruktivt. Det var positivt och en del av de tidigare planerade aktiviteterna var redan avklarade.

Johan meddelade, plötsligt under mötet, att han skulle ta ut semester med omedelbar verkan. Personliga skäl angav han. Det innebar att de var tvungna att lägga över vissa uppgifter på Per som ställde upp som frivillig. De sammanfattade och avslutade mötet.

"Ursäkta, du var väldigt intresserad av att få kontakt med Berit. Ska vi vänta med ett sådant möte till efter din semester?" frågade Bror när de precis var på väg att lämna rummet.

"Hör av dig om du får tag på henne. Jag finns i stan och kan komma in om hon har tid" sa Johan.

Bror sa att han skulle göra så. Återigen funderade han varför Johan var intresserad av att få tag på henne. Han kunde inte riktigt förstå det.

Vid lunch mötte han upp med Sandra. Hon hade beställt in sallad, de skulle äta på kontoret. Bror var inte förtjust i det. Han uppskattade att få komma ut en stund och få frisk luft men inget han skulle bråka om.

Precis när mötet skulle börja ringde Eva och han fick ursäkta sig och gå ifrån.

"Hej, känner du en Mårten som arbetar hos er?" undrade Eva.

"Jovisst, han är nyanställd och har ett liknande uppdrag som mitt. Hurså?"

"Han har ringt in och anmält ett hot. Precis som Roger som

är försvunnen. Vet du något om det?"

"Jag pratade med honom fredags. Han berörde ämnet och jag uppmanade honom att han skulle polisanmäla om han blev utsatt för ett konkret hot. Det kanske är därför han hör av sig."

"Intressant, tack för informationen. Vi får prata mer ikväll. Puss."

Tillbaka på kontoret upprepade Sandra att hon var mycket nöjd med hans uppdrag vilket var trevligt att höra ytterligare en gång. Beröm kunde man aldrig få för mycket av. Det var utan tvekan bränsle för fortsatt arbete. Hennes idéer för framtiden berörde i stort uppbyggnad av en ny central kundsupport. Primärt ville hon att han skulle utreda införande av ett modernare datastöd. Detta omfattade både telefonsystem, chattsystem samt web-sida med *frågor & svar* vilka bägge skulle behöva handlas upp. Det som fanns i företaget idag gick troligen inte att använda hade hon förstått. Det fick han kontrollera noggrant först. En ny kundsupportchef skulle börja redan på måndag nästa vecka och hon ville att han skulle kunna stötta henne när hon kom.

"Vad händer med Henning som är ansvarig för kundsupporten idag?" undrade Bror.

"Jag erbjöd honom att ta rollen men han hade inte energi eller den kunskap som krävs att bygga upp det vi vill ha, tyckte han. Han blir kvar och kommer att hjälpa till, du kan i huvudsak fokusera på datastöd för kundsupporten. Hur känns det?"

"Det känns bra. Det är den typ av uppdrag som jag har mest erfarenhet kring. Ska bli spännande."

De avslutade lunchen och Sandra sprang till ett möte med styrelsen. Bror packade ihop och åkte in till Kindblom & Thorning. Berit skulle komma in för en planering av hennes sista dagar.

På kontoret möttes han upp av Birger.

"Hej, du pratade med Mårten på företagsmötet i fredags. Berättade han något som jag behöver få reda på?"

"Hurså?"

"Han kom in idag och var uppenbarligen skärrad. Sedan tog

131

han ledigt på eftermiddagen. Ska jag få samma problem med honom som med Berit. Det orkar jag inte med."

"Han var orolig bara. Du måste ta det med honom. Det känns inte bra att jag bryter hans förtroende" sa Bror och på nytt fick han dåligt samvete för att han inte berättade. Att han gjort en polisanmälan och skulle träffa Eva var inget som han kunde yppa för Birger, eller borde han det? Nej det kunde han inte. Det här fick Birger reda ut själv.

"Har Berit dykt upp ännu?" undrade Bror.

"Vi har gått igenom anställningsförhållande och allt sådant. Vi ska ta ett möte om uppdraget på Haverborgs nu på en gång. Sedan lämnar hon firman. Hon är utan tvekan en av de knepigaste medarbetar jag haft. Samtidigt som jag tycker synd om henne, för hon har uppenbarligen något problem som hon inte berättar om, så är jag tacksam att hon slutar. Hon har genererat alldeles för mycket negativ energi."

Det gick tillsammans bort mot ett av konferensrummen där Berit satt och väntade.

"Hur går det med gullegull-strategin ute på Haverborgs?" sa hon med ett illa dolt förakt mot Bror.

"Det har gått bra." sa Bror och tänkte att den här kvinnan skulle han aldrig förstå sig på. Något problem hade hon utan tvekan men precis som Birger såg han fram emot att slippa henne. Hemskt egentligen men hon hade inte bjudit in till något förtroende eller någon sympati över huvud taget.

De gick igenom några dokument som Berit hade tagit fram i ett tidigt skede av projektet och hon redogjorde för de möten de haft innan Bror kom med. Hennes icke-gullegull-strategi var uppenbar när hon återgav dessa.

"Johan Almqvist är väldigt angelägen om att få träffa dig innan du slutar. Han ville stämma av något som du tagit upp vid dessa inledande möten. Hur ser du på det?" frågade Bror.

"Varför det?" sa hon och Bror kunde se ett uttryck av obehag när hon svarade.

"Har ingen aning faktiskt" sa Bror. Här fanns något som han inte förstod. Varför reagerade Berit så på frågan. Eller var det bara han som såg saker som inte fanns.

"Han kan ringa mig. Jag behåller mitt telefonnummer" sa Berit.

Men läser jag henne rätt, vill hon absolut inte att han ringer. Som sagt, vad finns det för hund begraven här? tänkte han.

När Bror åkte hemåt var han nästan osunt nyfiken på hur Evas samtal med Mårten hade avlöpt.

25

Polishuset
Måndag

Måndagen hade börjat med att man stämt av läget kring den försvunne Roger. Man hade överhuvudtaget inga nya spår. Sökning på den falskskyltade bilen hade inte gett något resultat. Det verkar som om bilen bara varit falskskyltad i närheten av Rogers bostad. Registreringsnumret dök inte upp på några övervakningskameror eller trängselskattkameror.

Det fanns inga rörelser registrerade på hans mobil eller något av hans kreditkort och hans fru hade inte fått något meddelande. Man stod med andra ord och stampade.

På förmiddagen fick man en anmälan som sedan visade sig intressant. Det var en Mårten som ville komma in till polishuset och anmäla ett hot. Det var först när han berättade att han arbetade på Kindblom & Thorning som Eva blev än mer intresserad. Efter ett samtal med Bror insåg hon att även han arbetade med organisationsstrukturering. Nu ökade hennes intresse ännu mer. Det var nästan så att hon och Jörgen knappt kunde hålla sig över lunchen för att vänta in honom vid ett.

Mannen som de mötte i entrén såg stressad och ängslig ut. Han vände sig hela tiden om och tittade efter någon eller något. Att han var rädd var utom all tvekan.

Efter att pratat runt allmänt och hämtat kaffe vid kaffemaskinen lugnade han ner sig och de kunde ta plats i ett rum.

Eva presenterade sig och Jörgen och bad honom sedan berätta om sig själv och om anledningen till sitt besök.

Mårten Karlsson var sextioett år gammal och bodde ensam i en lägenhet ute i Majorna. Han hade hela sitt liv arbetat inom det han kallade verksamhetskonsulting och hade nyligen bytt arbetsgivare till Kindblom & Thorning. Hans nuvarande uppdrag var ute på ett företag, Lordinac, där han skulle hjälpa till med en personaleffektivisering.

"Hur länge har du arbetat där?" undrade Jörgen.

"Jag har precis börjat, har bara varit ute på företaget två gånger."

"Hur kommer det sig att du känner dig hotad? För det var väl det, som du ville anmäla?" undrade Eva.

"För två veckor sedan fick jag det här brevet" sa Mårten och lämnade fram ett maskinskrivet brev.

Jag är väl medveten om din yrkeskarriär och de resultat som ditt arbete skapat. Har du själv hållit räkning på alla de människoliv som du raserat och förstört? Om du inte gjort det skulle jag uppmana dig att gå tillbaka i tiden och sammanfatta vad du orsakat.

Jag har förstått att du tillsammans med ett antal kollegor varit uppskattade och framgångsrika konsulter. Konsulter som används som inhyrda legosoldater i organisationer som ville bli av med oönskade medarbetare. Jag undrar om du är stolt över vad du åstadkommit?

Jag skriver till dig för att berätta att du nu själv kommer att utsättas för en granskning. En granskning där DU kommer att få stå till svars för alla de liv du spolierat.

Brevet var utan tvekan samma brev som Roger visat upp vid sin anmälan. De fick ta en kopia och detaljkontrollera det. Vad Eva kunde minnas var det exakt samma ordalydelse.

"Hur kommer det sig att du kommer först nu. Du fick brevet

för två veckor sedan sa du?" undrade Eva.

"Det stämmer. Jag upplevde det visserligen som otäckt men jag avfärdade det som ett olämpligt skämt."

"Hur kommer det sig att du kommer in nu?"

"Jag misstänker att jag är övervakad. Sedan kopplade jag ihop det med brevet och efter att diskuterat med en kollega insåg jag att jag borde anmäla. Jag vet inte om jag håller på att bli nojig, jag är faktiskt rädd, riktigt rädd."

"Ett brev liknande det här skickas ofta ut för att man vill att någon ska ändra ett beslut eller påverka en pågående process. Finns det något sådant som kan hänga ihop med det här?"

"Nej, inget som jag kan komma på. Som jag sa, har jag precis börjat på ett nytt uppdrag så att det skulle ha med det att göra känns inte rimligt. Mitt tidigare jobb avsåg en omorganisation som inte innebar några neddragningar och ingen blev missnöjd med de nya befattningar man fick. Faktiskt var, vad jag vet, alla väldigt glada för arbetet vi gjorde. Det är inte ofta att det blir så men här var faktiskt alla vinnare när vi var klara. Så det uppdraget kan det ju inte vara"

"Men om du går ännu längre bakåt i tiden. Hur ser det ut då?"

"Arbetar man med omstruktureringar är det tyvärr så att ofta blir någon lidande, kanske får en annan befattning och eventuellt förlorar sitt arbete. Varför skulle ett gammalt uppdrag helt plötsligt resultera i det här. Det förstår jag inte?"

"Kan du inte komma ihåg någon händelse som skulle kunna resultera i det här hotbrevet?"

"Nej, det kan jag faktiskt inte" sa han efter en stunds funderande. Både Jörgen och Eva upplevde att det fanns något där som han dolde. Men de skulle återkomma till det senare.

"Vi lämnar det för tillfället. Berätta varför du misstänker att du är övervakad? För det var väl det som tillsammans med brevet som gör att du sitter här idag" frågade Jörgen.

"Det har stått en bil med två personer i parkerad utanför mitt hus flera kvällar senaste tiden. Jag har fått för mig, att de parkerar så att de har uppsikt upp mot min lägenhet. Helt säker är jag givetvis inte. Kanske håller jag på att bli fullständigt paranoid."

"Vad är det för en bil? Har du noterat regnumret?"

"Det är en Volvo och regnumret har jag skrivit ner här" sa han och räckte över en papperslapp.

Eva såg direkt att det var samma registreringsnummer som den bil som övervakat Roger och som fått plåtarna stulna från Fabian Holmars bil. Hon tittade på Jörgen och noterade att han konstaterat samma sak. Det här var utan tvekan intressant.

"Vi ska kolla upp bilen. Om du väntar här så kommer vi strax tillbaka" sa Jörgen tog papperslappen med sig och lämnade rummet tillsammans med Eva.

"Visst är det samma regnummer?" frågade han och Eva nickade.

"Hur ska vi hantera det här? Ska vi berätta om Roger? Ska han få beskydd?" undrade Eva.

"Vi börjar med att fråga om han känner Roger Malm, sedan går vi vidare därefter."

De kom in i rummet och berättade att de kontrollerat registreringsnumret. Men nämnde inget om att bilen var falskskyltad. De tänkte vänta med det tills efter att de kontrollerat om han kände Roger.

"Jo vi undrar om du känner en person som heter Roger Malm? Han arbetar i samma bransch som du?" frågade Eva och såg att Mårten reagerade när han hörde namnet men att han samtidigt försökte dölja det.

"Ja, jag vet vem han är. Vi känner till varandra i branschen, i alla fall de som varit med ett tag. Varför undrar ni det?"

"Hans namn har dykt upp i ett liknande ärende som ditt. Är det någon du känner närmare eller har arbetat tillsammans med?"

"Nej jag känner honom inte närmare och har inte arbetat tillsammans med honom" sa han men både Eva och Jörgen upplevde att det inte var sant. Varför vill han inte berätta om han känner honom? Eller läste de in reaktioner som inte fanns?

"Hur var det med bilen?" undrade Mårten och hans tidigare oro var inte längre lika tydlig.

"Bilen var falskskyltad så det kan finnas skäl för din oro. Vi undrar om du kan flytta in hos någon kompis eller släkting ett tag under tiden vi undersöker det här?" undrade Jörgen.

"Det ska inte vara nödvändigt. Jag klarar mig nog. Håll mig underrättad om vad ni hittar angående bilen" sa han och reste sig upp. Underligt nog verkade han inte alls lika ängslig längre. Fakta kring bilen borde gjort honom än mer orolig, eller var det att de nämnt Roger? Eva såg på Jörgen och noterade att han funderade på samma sak.

"Är det säkert? Fundera på om du inte ska flytta hem till någon? Vill du få med ett larm, vi kan låna ut ett sådant?" la Eva till.

"Nej det behövs inte. Jag hör av mig" sa han och reste sig och lämnade konferensrummet.

"Vilket märkligt samtal. Han var riktigt orolig när han kom men efter att vi frågat om Roger och berättat om bilen verkade han bli mindre orolig istället för tvärtom. Jag ska prata med Bror när jag kommer hem ikväll. Han kanske vet mer om denne Mårten" sa Eva och de skildes åt för att avsluta lite pappersarbete innan dagen var slut.

26

Kindblom & Thorning
Tisdag

Efter middagen igår kväll hade Eva och Bror pratat igenom de två fall med hot som Eva tagit emot. Egentligen borde hon inte berätta men han förstod att hon hade ett behov av att få hans hjälp i fallen. Återigen var de bägge involverade i gemensamma mysterier. Roger hade Bror inte haft någon kontakt med, men han höll med Eva om att det var märkligt att samma brev och bil dykt upp både kring Roger och Mårten. De hade varit överens om att Bror skulle försöka få fram mer information från Mårten under tisdagen.

Han var spänd inför att möta Mårten. Hur skulle han ta upp detta utan att det skulle framgå att han och Eva hade nära kontakt och att hon berättat om hans anmälan igår. Men han måste försöka.

När han kom in till kontoret fanns inte Mårten på plats och efter fikapausen kom Birger fram och berättade att Mårten var sjukskriven och skulle vara borta i två veckor. Privata problem tydligen. Birger undrade om Bror kunde ta över Mårtens uppdrag fram till att han kom tillbaka.

Uppdraget på Haverborgs hade blivit utökat men det var faktiskt lugnare just nu. De nya arbetsuppgifterna skulle gå igång på full fart först något senare. Så han borde kunna ta sig an Mårtens uppdrag om han bara var tillbaka om två veckor. Bror kunde inte låta bli att undra om sjukskrivningen var kopplad till hans anmälan hos polisen igår. Det var inte helt uteslutet. Men det kunde han givetvis inte ta upp med Birger. De kom överens om att han skulle hjälpa Mårten och Birger bokade in ett möte ute hos uppdragsgivaren. Mårten hade skickat en miniplanering för vad som borde redas ut och han skulle vara tillgänglig imorgon för en avstämning per telefon. Egentligen ville Bror ringa honom omgående med det fanns ingen tid för det, mötet ute hos Lordinac var redan om femton minuter.

Uppdraget var helt nytt och Mårten hade inte hunnit komma i gång med det fullt ut vilket förvånade Bror. Han hade varit på firman i drygt en vecka. Vad hade han i så fall ägnat veckan åt? Det var många frågor som han ville reda ut med honom imorgon. Utan tvekan.

När han kom ut till företaget möttes han av deras vd och personalchef. De var missnöjda med att de inte kommit längre men tydligen hade Mårten efter sitt initiala möte förra tisdagen bokat av två inplanerade möten. De gick igenom sina behov på nytt vilket stämde väl överens med planeringen som Mårten skickat in. Företaget hade under året misslyckats med att etablera sig i Tyskland och Frankrike och behövde nu anpassa kostymen när de marknaderna inte skulle vara kvar.

”Varför gick det inte vägen i Tyskland och Frankrike och hur många personer berörs?” undrade Bror.

”Vi hade missbedömt de regelverk som fanns på marknaderna och insåg alltför sent att produkterna inte skulle gå att sälja. Nu hade man gjort en ny utvärdering och insett att modifiera produkterna så att de blev godkända inte skulle vara lönsamt. Totalt sett berördes tio personer, alla stationerade i Göteborg. Etablering av personal utomlands hade inte kommit igång än.”

”Missbedömt?”

”Nja det är en förskönande omskrivning. Produktsidan hade helt enkelt gjort ett dåligt jobb och inte klarlagt vilka krav som behövde uppfyllas innan man startade projektet. Nu när vi känner till vilka lokala krav som gäller fick vi inte ihop kalkylen” sa vd:n och skakade på huvudet.

"Tråkigt, har ni förlorat mycket pengar på satsningen?"

"Ja, vi har anställt nästan tio personer och arbetat fram en hel del markandsmaterial och skrivit kontrakt med distributörer. Kalaset kommer att sluta på tjugo miljoner, gissar jag" förklarade vd:n.

"Så det är bara nyanställda som får gå"

"Ja, samt vi vill bli av med vår oduglige produktchef, som du kanske förstår. Det här måste bli hans sista tabbe. Nu ska han bort."

"Sista tabben, finns det fler bakåt i tiden?"

"Ja det finns ett antal."

"Hur länge har produktchefen varit anställd?"

"Han har varit här i femton år, bland de äldsta i företaget."

"Jag förstår, de här tidigare tabbarna, finns de dokumenterade. Har han fått skriftliga varningar för de incidenterna?"

"Nej de finns inte. Vi har givetvis talat om det men de har inte dokumenterats. Är det ett problem?"

"Ja tyvärr kan det vara det. Det är inte lätt att avskeda en gammal trotjänare om vi inte kan åberopa dokumentation."

"Men det är därför som vi tagit in er. Det här får ni fixa" sa vd:n och reste sig aggressivt upp. Personalchefen tittade ner i bordet och såg allmänt olycklig ut. Det här kommer att bli en utmaning tänkte Bror.

Vd:n lämnade rummet och kvar blev Bror tillsammans med personalchefen.

"Jag anar att det finns mer kring den här historien. Kan du berätta?" sa Bror.

Det var inte riktigt samma historia som han fick berättad. Enligt personalchefen var produktkillen duktig och samvetsgrann. Han hade dock vid ett antal tillfällen blivit överkörd av vd:n som inte godkänt fördjupade studier utan tagit beslut utan kompletta underlag. Etableringen i Tyskland och Frankrike var ett sådant. Gunnar Noren som produktchefen hette hade velat göra en fördjupad studie om lokala regelverk men vd:n hade kört över honom och gått vidare utan dessa. Det var samma sak med de andra incidenterna. Det hade varit bråttom att komma ut på marknaden. Vd:n hade beslutat om att gå vidare utan de undersökningar som Gunnar ville göra först. Vissa av dessa beslut hade gått bra men några hade gått riktigt dåligt. Den här senaste etableringen mot Tyskland och Frankrike var mycket besvärlig och nu måste det utses en syndabock. Syndabocken var Gunnar, sa personalchefen urskuldande. Vem som han upplevde var boven var uppenbart.

"Har ni pratat med honom än. Vad har han själv att säga i dessa ärenden?" undrade Bror.

"Nej vi ville att ni skulle hjälpa oss med bättre underlag först."

"Vad sa Mårten efter hans första möte?" undrade Bror.

"Han sa att det inte skulle vara något problem, sådant här hade han gjort många gånger tidigare. Men han var inte riktigt närvarande, verkade som om han hade något privat problem, Var aningen forcerad och ganska arrogant. Hur går vi vidare?"

"Jag behöver en beskrivning av alla incidenter som produktchefen enligt er är skyldig till. Kan jag få de kortfattat beskrivna redan nu? Sedan ska jag stämma av med Mårten imorgon. Jag hör av mig därefter."

Personalchefen kom tillbaka efter en stund med en arkivmapp med några dokument i och bad Bror höra av sig efter hans avstämning med Mårten.

Vilket djävla kräk tänkte Bror när han lämnade företaget. En vd som kört över en samvetsgrann anställd och när det inte gått bra skulle han hjälpa till att avskeda honom som syndabock. Det var egentligen vd:n som borde få sparken. Om nu det han fått sig återberättat stämde. Det var kvar att utreda. Den här typen av uppdrag ville han definitivt inte syssla med. Neddragningen på Haverborgs var jobbig men grundade sig i ändrad strategi men här var det, ja han visste inte vad.

När han var tillbaka på Kindblom & Thorning sökte han upp Birger och berättade vad han fått reda på. Han ville primärt att Birger skulle säga av sig uppdraget. Ville han inte det ville han bli befriad från det själv och de fick vänta på att Mårten kom tillbaka. Birger bad honom lugna ner sig. Bror kunde se att även Birger var upprörd över det han berättat. De kom överens om en ny avstämning efter att Bror pratat med Mårten.

När Bror kom hem till Eva var han fortfarande upprörd. Han ville inte ha med den här typen av arbeten att göra. Det var helt emot hans etiska kompass.

Han berättade om det han varit med om under dagen och Eva höll med honom om att det var som han sa, fördjävligt.

"Det där hotbrevet skulle kunna fungera på en sådan här händelse. Att med hotet uppmana någon att inte arbeta vidare med upplägget" konstaterade Bror.

"Ja det stämmer, men inte i det här fallet. Han fick brevet innan han påbörjade det här uppdraget."

27

Jönköping
Onsdag

Myran vaknade tidigt med en mage som var lite orolig. Idag skulle de ut till Qelec igen. Konsulten, Anders, och företagsrepresentanten hade varit mycket osympatiska. Förslaget om att två trotjänare skulle få gå och konsultens arroganta och raljanta attityd gentemot henne och Gunvor, vid det senaste mötet, hade påverkat henne mer än hon trott. Dessutom var hon minst sagt nyfiken på den där händelsen som Anders påmint Gunvor om. Hon hade vägrat berätta mer trots att Myran ytterligare en gång försökt luska ut vad det handlade om.

Det hade varit svårt att motivera sig till att få fint i den temporära lägenheten. Hemma såg det ut som ett hotellrum med halvuppackade resväskor och många saker fortfarande i flyttkartonger. Det påverkade humöret utan tvekan. Varken Myri eller Erik gillade att leva i kappsäck och de såg fram emot att få flytta till sin permanenta lägenhet så snart som möjligt. På kvällarna hade de tagit långa promenader runt om i Jönköping och bekantat sig med staden. Vädret hade varit tacksamt utan nederbörd även om solen inte tittat fram. Nu, redan efter drygt en vecka var de hemmastadda i de centralare delarna. Jönköping var en ganska stor stad, men jämfört med Göteborg betydligt mindre. Myran kände en saknad efter kompisgänget och sina föräldrar. Ologisk faktiskt då de träffats minst lika ofta om inte oftare sedan de flyttat men det var något med distansen som påverkade henne. Visserligen var det bara en och en halv timme in till Göteborg, men man kunde inte bara åka förbi en kväll när man kände för det. Men i ärlighetens namn hade man sällan gjort så då man bodde i Göteborg, men nu fanns inte möjligheten. Avståndet gjorde att det inte var lika enkelt, utan det krävdes planering. Men som sagt, Bror och Eva hade varit här för en och en halv vecka sedan och förra helgen hade de träffats hemma hos mor och far. Samt nu på fredag skulle de fira baby-shower för Jovana. I ärlighetens namn, så här ofta hade hon inte umgåtts tidigare. Men hon kunde inte hjälpa det, distansen till föräldrarna och vännerna skavde.

Men nu tillbaka till dagens uppdrag. Hon skulle träffa Gunvor på kontoret innan de åkte ut till företaget. Mötet var inbokat till tio, de hade en dryg timme tillsammans för en genomgång.

Gunvor var redan på plats och de satte sig ner direkt när Myran kom in.

"Jag har fått en rapport från vår lokala representant. Marcus och Erika har förstått att de kommer att förlora sina jobb. De klarar inte de kompetenskrav som företaget ställer samt är bägge bland de senaste anställda. Marcus har redan slutat, han hade massor av semester innestående och har redan lämnat. Erika blir kvar i två veckor till. Jag har inte fått något besked om Filip och Birgitta" förklarade Gunvor.

"Får Marcus och Erika något stöd av oss?"

"Ja vi har bokat in möte med Trygghetsrådet för bägge två. Vad jag förstod var ingen direkt besviken, de upplevde bägge att det här inte var en arbetsplats som de skulle trivas på i längden. Det verkar utan tvekan som om stämningen på företaget har blivit mycket sämre sedan den här nya avdelningschefen tillträtt. Jag förvånas alltid över att företag inte reagerar på folk som kommer in och saboterar arbetsklimatet. Ibland är företag väldigt kortsiktiga. Snabba besparingar premieras, dessutom tar långsiktig försämring av arbetsklimat mycket längre tid innan det visar sig inom verksamheten."

När de kom ut till Qelec möttes de den lokala

fackrepresentanten och gick igenom läget på nytt. Hon bekräftade att Marcus och Erika accepterat uppsägningarna och att de inte var speciellt ledsna. De hade tydligen bägge två, nya arbeten på gång.

"Hur ställer sig Filip och Birgitta till kraven på avsked?" frågade Gunvor.

"De är båda två väldigt illa berörda av förslaget och vill helst av allt behålla sina anställningar eller få ett bra avgångsvederlag" förklarade fackrepresentanten.

"Jag berättade väl att min bror arbetar som verksamhetskonsult och håller på med ett omstruktureringsuppdrag ute på ett företag som heter Haverborgs. Där har man kommit överens om förtidspension och förlängde uppsägningstider för vissa av de som drabbas" sa Myran.

"Sa du Haverborgs? Spännande. Marcus som redan slutat berättade att han har en kusin som arbetar där. Han berättade att man hade en bra dialog med facken och personalen kring den omstruktureringen. Det kan du hälsa din bror."

"Det ska jag, han kommer att bli mycket glad av att få höra det. Det här är hans första uppdrag och han är inte helt övertygad om att han vill fortsätta att arbeta med liknande ärenden i framtiden. Vi hade en mycket spännande diskussion hemma hos mina föräldrar i lördags."

"Det finns inget mer vi kan göra nu utan vi får gå in och höra vad företaget säger" sa Gunvor och tittade på klockan som nu närmat sig tio.

När de kom in till konferensrummet möttes de av avdelningschefen och företagets personalchef.

"Är inte Anders Frisk med idag?" undrade Gunvor.

"Nej han har inte kommit hit idag och vi får inte tag på honom. Mycket märkligt, jag stämde av med honom igår och han lovade komma" sa avdelningschefen uppenbarligen missnöjd.

"Kan ni vänta ett tag till så ska vi försöka få tag i honom?" undrade personalchefen.

De lämnade konferensrummet och gick till ett litet pentry.

"Jag har hört en del som kan vara av intresse" sa den lokala fackrepresentanten.

Ett rykte hade börjat gå på företaget. Ett rykte där avdelningschefen målades ut i inte alltför goda ord. Företagets ledning hade tydligen uppmärksammat att han ville avskeda Filip och Birgitta vilket hade mötts med förvåning av både företagets vd och en annan avdelningschef. Bägge hade ett rykte om att vara duktiga även om de också var kända för att vara obekväma i vissa situationer. Hans beslut om att de måste få sparken kanske inte var så poppis nu när det blev känt.

"Vad kan det innebära för förhandlingen?" undrade Myran.

"Vet inte, vi får se vad de säger."

Personalchefen kom ut och sa att de skulle samlas i konferensrummet på nytt.

"Tyvärr, vi får inte tag i Anders" sa avdelningschefen.

"Vad innebär det, kan vi inte avsluta idag. Jag går på semester i fjorton dagar och vi kan inte boka in ett nytt möte innan jag är tillbaka" sa Gunvor märkbart irriterad.

"Nej, vi avslutar idag. Vi drar tillbaka kravet på uppsägning av Filip och Birgitta. Konsulten har inte gjort ett bra jobb och vi kommer att avsluta samarbetet med honom omgående" förklarade personalchefen.

Mötet avslutades och Myran, Gunvor och fackrepresentanten gick ut för en gemensam summering.

"Det var en positiv vändning, men förvånande" sa Gunvor.

"Jag är mycket glad. Det ska bli roligt att berätta för Filip och Birgitta" sa den lokala fackrepresentanten.

"Men blir inte det här en prestigeförlust för företaget, eller i alla fall för avdelningschefen?" undrade Myran.

"Man kommer att skylla på konsulten. Han kommer att få ta hundhuvudet för ett förslag som vi inte accepterade. Om avdelningschefen kan behålla sitt anseende trots att han skyller på konsulten återstår att se" sa Gunvor och skrattade belåtet.

Precis när de var på väg att gå kom personalchefen fram på nytt.

"Har ni någon kontakt med Anders? Jag fick intrycket av att ni kände varandra sedan tidigare" undrade personalchefen och vände sig till Gunvor.

"Varför frågar du om det?"

"Jo, jag är orolig för honom. Han går inte få tag på och när jag pratade med hans företag är de lika oroliga. De får heller inte tag på honom och är rädda att något kan ha hänt honom. Kan du hjälpa oss?"

"Nej, inte alls. Som du kanske kommer ihåg var vi inte direkt förtroliga med varandra vid vårt senaste möte. Jag har ingen aning om hur man får kontakt med honom och har ingen önskan om att träffa honom igen. Är han saknad får ni ringa polisen."

28

Kindblom & Thorning
Onsdag

Idag skulle han stämma av med Mårten och sedan förhoppningsvis slippa det här uppdraget ute på Lordinac. En vd som inte vågade stå för sina egna beslut utan skulle stjälpa över ansvaret och lägga hundhuvudet på en anställd. Det ville han inte vara med om. Dessutom kända han sig besviken på Mårten. När han pratat med honom hade han upplevt honom som en bra kille. Men stämde det som man sagt ute på Lordinac att han menade att ett sådant här upplägg inte var några problem att fixa, så ville han inte jobba med honom. På nytt funderade han på om han ville fortsätta med den här typen av uppdrag även om det fungerat hyfsat smidigt ute på Haverborgs.

Som vanligt hade han och Eva åkt gemensamt in till centrum och sedan delat på sig vid Brunnsparken, hon ner till polishuset vid Ernst Fontells plats och han in till kontoret. Eva hade ett antal administrativa uppgifter och möten som skulle ta hela dagen. Inte hennes favoritsysselsättning men ett måste ibland.

Uppe på kontoret möttes han av Birger som såg både orolig och stressad ut.

"Jag börjar alltmer ångra att vi gett oss in i omstruktureringsbranschen. Först Berit och nu Mårten. Jag orkar snart inte mer" sa han och skakade på huvudet.

"Vad har hänt nu?"

"Nej, inget nytt men det går inte låta bli att fundera. Först

Berits uppsägning och nu Mårtens långtidssjukskrivning. Kommer det aldrig att ta slut?"

"Det löser sig ska du se. Har Mårten dykt upp ännu?"

"Nej, han lovade att komma in. Tydligen är han inte så sjuk att han inte kan komma hit. Vad han har för problem vet jag inte. Vi får fråga?"

De tog varsin kaffe och anslöt till de andra som satt vid fikaborden. Det blev småsnack om allt möjligt, både privat och arbete. Bror såg hur Birger allt oftare tittade mot entrén med en stigande irritation. Varför dök inte Mårten upp?

"Nej nu väntar vi inte längre. Jag ringer och kollar var han är?" sa Birger och reste sig upp.

Strax därefter kom han ut och bad Bror följa med in på kontoret.

"Jag får inte tag i honom. Hans telefon verkar vara avstängd. Som sagt, det här affärsområdet ger mig gråa hår."

"Vad gör vi nu?" undrade Bror.

Birger berättade att Mårten levde ensam och bodde i en lägenhet någonstans i Majorna. Han hade inte lämnat några kontaktuppgifter till anhöriga. Han visste inte vem han skulle ringa. Bror visste om hans polisanmälan och var utan tvekan orolig att det kunde hänga ihop med den. Men det kunde han inte ta upp med Birger. Det var information som han fått via Eva och som varken Birger eller Mårten var medvetna om.

"Kan du åka hem till honom och ringa på? Han kan ha råkat ut för något och även om det är privat så har vi ett ansvar för killen" undrade Birger.

"Javisst, ska jag åka nu på en gång?"

"Ja, gör det. Vi träffas här sedan och bestämmer hur vi går vidare med uppdraget ute på Lordinac. Vad skulle jag göra utan dig?" sa han och klappade Bror farbroderligt på axeln.

Bror funderade på om han skulle ringa Eva och höra om hon visste något mer om hans anmälan. Men han visste att hon satt bokad i en massa möten, det fick vänta.

Bror bestämde sig för att gå till hans lägenhet som låg på Kaptensgatan strax intill Karl Johansskolan i Majorna.

Promenaden skulle ta drygt en halvtimme. Visserligen kunde han komma dit något snabbare kollektivt men han var förtjust i att promenera. Det gav honom tid att samla sina tankar och bestämma hur han skulle lägga upp samtalet om nu Mårten var hemma och öppnade.

Han funderade en hel del på den typ av uppdrag som han var inblandad i. I mångt och mycket kändes det inte som att man ville ha hjälp med en viss kompetens utan mer som att man ville slippa ta ansvar för obekväma beslut och samtal som berörde de anställda. Man kanske skulle annonsera ut tjänsten som *Hjälp för fega företagare. Vi tar alla obekväma samtal med dina anställda.* Han kunde inte låta bli att le åt sin egen spetsfundighet samtidigt som han insåg att det var precis det som de sysslade med. Nej, beslutet att inte fortsätta med den här typen av uppdrag blev allt starkare. Han skulle ta upp det med Birger när de träffades senare idag.

Det var en gråmulen dag men ett skönt promenadväder. Efter en stund slutade han fundera på sitt arbete utan lät blicken vandra upp och ner längs fasaderna på husen han gick förbi. Ofta fanns det intressanta arkitektoniska detaljer som man upptäckte om man bara tittade upp och följde husfasaderna hela vägen från gatan upp till taket. Nästan alltid var det någon ny detalj som han noterade trots att han gått den här vägen många gånger.

När han kom fram till adressen ringde han på i porttelefonen men fick inget svar. En person kom nerför trappan och lämnade huset. Han höll upp porten och Bror smet in. Varför inte, han skulle gå upp till lägenheten och knacka på. Man vet aldrig om de där porttelefonerna fungerar som de ska, tänkte han. Längst upp i trapphuset fanns två lägenheter, på den vänstra en namnskylt med Mårten Jansson. Han knackade på och väntade. Han hörde inget inifrån lägenheten och valde att knacka på igen. När han gjorde det gled dörren upp. Innanför dörren låg lite post. Antingen så var han inte hemma eller så låg han sjuk inne i lägenheten. Han ropade in mot lägenheten och när han inte fick något svar valde han att gå in och se efter. Ingenstans fanns någon, utan lägenheten var helt tom. Han hittade några nycklar och bestämde sig för att låsa lägenheten och sedan åka tillbaka till kontoret. Skulle han ringa Eva eller inte? Nej han valde att först prata med Birger och därefter se vad de skulle göra.

När han kom tillbaka till kontoret gick han direkt in till Birger och berättade vad han hittat samt att han låst lägenheten och hade med sig nycklarna tillbaka.

"Såg du om hans dator och mobiltelefon fanns kvar i lägenheten?"

"Jag tittade inte så noga men inte vad jag kan komma på" svarade Bror. Hans vetskap om polisanmälan som Mårten gjort gjorde honom orolig men han kunde inte berätta om det. Det skulle vara att svika ett förtroende från Mårten och skulle kunna innebära problem för Eva.

"Jag tycker vi ska kontakta polisen. Kan inte du ringa Eva och höra efter vad hon tycker?" frågade Birger och Bror nickade lättat. Nu när förslaget kom från Birger var det inte längre något problem.

Bror ringde Eva och fick besked om att hon skulle komma omgående och hämta nycklarna för att se vad de kunde hitta hemma hos Mårten.

Eva hälsade som hastigast på Birger när hon kom för att hämta nycklarna.

"Jag måste säga att jag är förvånad. Att ni skulle agera på detta med så här hög prioritet, det var oväntat" sa Birger. Bror såg en lättnad i Evas ansikte när hon förstod att han inte pratat på sidan och avslöjat Mårtens anmälan.

"Den här gången gör vi det. Vi har några fall med hot riktade mot konsulter som vi utreder" sa hon, tog nycklarna och lämnade kontoret.

"Vad menar hon? Hot mot konsulter. Ska vi vara oroliga? Vet du något mer?" undrade Birger oroligt och vände sig mot Bror.

"Nej jag vet inte mycket mer. Hon kan ju inte avslöja polisärenden för mig. Det förstår du säkert" haspade Bror ur sig och visste att tungan svartnade av lögnen.

Bror och Birger gick tillbaka och bestämde sig för att pausa jobbet ute hos Lordinac. Kanske innebar det att man förlorade uppdraget, kanske skulle de acceptera att Mårten var sjukskriven, vilket var den officiella versionen.

Två timmar senare kom Eva tillbaka och lämnade över en laptop som de hittat i lägenheten. Men ingen mobiltelefon.

"Han kanske har åkt någonstans och glömt låsa?" undrade Birger.

"Ja, det är en möjlighet. Det finns inga spår av att han förts bort med våld, vi får hoppas han hör av sig snart. Jag lämnar lägenhetsnycklarna här så hoppas vi att det löser sig" sa Eva tackade och gick.

"Som sagt, varför skulle vi ge oss in i det här området?" sa Birger och skakade uppgivet på huvudet.

"Vad sa man på Lordinac?" undrade Bror.

"Vi har veckan på oss. På måndag måste jag lämna besked om hur vi tänker fortsätta."

29

Haverborgs
Torsdag

När Bror och Eva kom hem på onsdag kväll var försvinnandet, om det nu var ett sådant, av Mårten det stora samtalsämnet. Utan tvekan var det märkligt att han inte gick att få tag på. Att lägenheten stod olåst var givetvis oroande också men eftersom det inte fanns några spår av bråk inne i lägenheten var det mest troliga att han bara glömt låsa. Bror skulle åka ut till Haverborgs och Eva skulle följa upp Mårtens eventuella försvinnande under dagen.

"Du kan kontrollera om era IT-tekniker hittar något på hans dator. Hör han av sig ringer du direkt" sa Eva när de skildes åt vid Brunnsparken.

"Du med" sa Bror och klev på spårvagnen ner till Krokslätt. När Bror han kom fram såg han en samling av killar utanför kontoret på parkeringen.

Det var en röd äldre sportbil som var centrum för allas intresse. Bilen var i utmärkt skick och verkligen glänste. Johan verkade stå i centrum för gruppen. Även Bertil och Gustav var där samt ytterligare några killar som han kände igen men inte kom ihåg namnet på.

"Skulle inte du ta semester?" undrade Bror och vände sig till Johan.

"Jo, jag åkte bara förbi för att visa upp min nya leksak. Det här är Marcus, min kusin. Han har hjälpt mig med renoveringen."

"Jättefin, men jag känner inte igen modellen" sa Bror och gick beundrade runt bilen.

"Det är en Karmann Ghia från 1972. Den är byggd av Volkswagen och baserad på en bottenplatta från en gammal bubbla. Visst är den fin?" svarade Johan stolt.

"Snygg. Hade inte Berit en antik bil också?" frågade Bror och kom ihåg den enda gången han sett Berit le och se riktigt nöjd ut. Hon hade tagit med en liknande bil, till ett av deras första möten ute hos Haverborgs.

"Jo det stämmer, hon hade med sin gula Karmann vid ett av sina första möten här hos oss. Det var det enda intresse vi hade gemensamt. Normalt sett var hon ganska butter men när hon visade upp bilen var hon som en solstråle."

"Det håller jag med om. Det är enda gången jag sett henne le riktigt hjärtligt. Var det på grund av bilen som du ville få tag i Berit?"

"Precis. Dumt av mig att inte säga det" svarade Johan men Bror upplevde att svaret inte var ärligt utan mer ett enkelt svar som inte krävde några kompletterande uppgifter. Var det verkligen bilen som gjorde att Johan var intresserad. Kanske, helt säker var han inte.

"Fick du tag i henne?"

"Ja, vi har fått kontakt."

Bror lämnade killarna ock gick vidare upp mot kontoret. Visserligen var bilen fin men han var inte så intresserad. Gamla bilar lät mer som ett bekymmer än något annat. Skulle han skaffa en bil var det enkelhet och bekymmersfritt ägande som skulle vara hans första prioritet. Samtidigt upplevde han att det fanns något märkligt kring Johans intresse för Berit. Det fanns inget i projektet som motiverade det, kanske var det trots allt deras gemensamma intresse för gamla bilar som förde dem samman.

Efter den obligatoriska fikan kom Gustav och Per för en avstämning kring projektet.

"Snygg bil, det kräver väl en hel del tid att fixa med en bil som är nästan femtio år gammal" sa Bror.

155

"Det krävs ett brinnande intresse. Han och kusinen har ett garage i närheten av Ulricehamn där de arbetat med projektet. Kusinen är uppväxt någonstans där" förklarade Gustav. De gick igenom aktivitetslistan kring utfasningen av de gamla produkterna och kunde konstatera att det gick bra, till och med bättre än förväntat. Per tog på sig att följa upp de resterande punkterna och lovade höra av sig om det dök upp några problem. Skönt tyckte Bror, Pers initiativ skulle avlasta honom en hel del. Att Johan tagit semester var trots allt inte alls problematiskt just nu.

Efter lunch skulle Bror sätta sig in i de datasystem som eventuellt skulle bytas ut för den nya kundsupporten. Henning, nuvarande kundsupportchefen, skulle vara tillgänglig under eftermiddagen. Det här uppdraget såg Bror fram emot. Att modernisera tekniska lösningar var hans hemmaplan.

Bror hade en genomgång med Henning och fick en bra bild över vilka utmaningar som fanns kring det teknikstöd man hade idag. Nu skulle han åka tillbaka till kontoret och börja skriva en kravspecifikation för nytt datasystem, samt försöka få tag på Mårten på nytt.

Tillbaka på kontoret mötte Birger upp med ett lättat "Jag har fått ett sms från Mårten där han bekräftar att allt är bra. Skönt."

"Men han nämnde inget om uppföljningen av uppdraget ute hos Lordinac?"

"Nej, det gjorde han inte. Behövs det tycker du?"

"Hade ju varit bra, men kanske har vi all information vi behöver. Har du tagit ställning till om du vill fortsätta uppdraget eller inte?" undrade Bror. Samtidigt kände han att det korta sms:et inte lät betryggande. Birger visste inget om hotbrevet och Bror kunde inte avslöja att han visste om det. Ett kort allt-väl-sms kunde vem som helst skicka. Det behövde inte komma från Mårten. Bror hade på nytt en klump i magen.

"Vi pratar igenom uppdraget kring Lordinac imorgon. Jag har några andra ärenden jag måste hantera idag" sa Birger.

Bror var kluven. Han visste mer än Birger, vetskap som han inte kunde avslöja. Men det kändes inte alls bra.

Men han kunde inte göra mer nu, utan var tvungen släppa funderingarna på Mårten. Han jobbade fram ett utkast till en kravspecifikation för kundsupport ute hos Haverborgs och avslutade sedan dagen.

De hade kommit överens om att träffa Katrin och Malin för att planera Jovanas baby-shower på fredag kväll. Vapiano på Östra Hamngatan hade valts ut av Katrin. Hon hade besökt deras motsvarighet i Stockholm flera gånger och var förtjust. De serverade pizza, pasta och sallad och var ett bra alternativ för en lättare måltid.

När Bror kom till restaurangen var Katrin och Malin redan på plats. Han hade hoppats få en stund tillsammans med bara Eva. Hans oro för Mårten fick vänta till efter middagen med tjejerna.

De beställde alla pasta och satte sig ner i ett avskilt hörn av restaurangen. Maten var utmärkt och Bror visste att hit skulle han komma tillbaka. Restaurangen låg inom rimligt gångavstånd från kontoret när han var inne på Kindblom och Thorning.

Festen skulle bli en överraskning. Jovana var inte tillfrågad och de var oroliga för om hon skulle orka. Nedkomsten var väldigt nära. Om de kom ihåg rätt var den planerad till slutet av nästa helg. Det här var inte som ett vanligt projekt. Barnet kunde komma när som helst nu men även långt efter planerad tidpunkt. Olle var införstådd och hade lovat att se till att de kunde dyka upp på fredagskvällen. Tanken var att de skulle ta med sig mat och dricka, det skulle bli en lugn fest, vilket inte hörde till det vanliga. De blev överens om vem som skulle köpa vad och när de skulle träffas. Myran och Erik skulle komma direkt från Jönköping och skulle sedan sova över hos Bror och Myrans föräldrar. Paret från Jönköping hade lovat ta med dricka, Bror och Eva skulle ta med sallad och förrätt och Malin och Katrin ta med varmrätt. Malin och Katrin hade bråttom och lämnade sällskapet direkt efter maten till Bror och Evas förvåning. De fick en stund för sig själva.

Eva hade inget nytt att berätta kring det eventuella försvinnandet av Mårten. Bror berättade om det korta sms som

Birger tagit emot.

"Men då är allt okej då?" frågade Eva.

"Kanske, jag tycker det är konstigt att han inte tog upp avstämningsmötet om Lordinac som vi skulle haft i går när jag åkte ut till hans lägenhet. Ett sms kan vem som helst skicka som har tillgång till hans telefon" sa Bror med oro i rösten.

"Det är sant. Vi har ju en försvunnen konsult. Mårten har tagit emot samma hotbrev och vi har noterat samma mystiska bil både utanför Rogers och Mårtens bostad. Han kanske trots allt är försvunnen han med" sa Eva efter en stunds funderande.

30

Björkekärr
Fredag

Nu var veckan slut och han själv, Eva, Malin och Katrin satt på bussen ut mot Björkekärr och Jovanas baby-shower.

Bror tänkte tillbaka på arbetsdagen och konstaterade att det varit en helt normal dag. Han hade arbetat med en kravspecifikation på nya stödsystem för kundsupport. Inga konstiga samtal, försvunna personer eller märkliga kunder utan en helt vanlig dag som teknikkonsult. Det här skulle bli bra. Han skulle stämma av med Henning på måndag och sedan ta in förslag från olika leverantörer.

Eva hade skrattat och sagt att även hon haft en helt normal dag. För polisen, var hotade och försvunna personer del av det normala. De hade sökt efter Mårten hela dagen utan att komma någon vart. De hade fått tag i en syster som bodde nere i Malmö men de hade inte haft någon kontakt på flera år. Deras föräldrar fanns inte längre i livet. Hon hade berättat om en Holger Sund som i alla fall tidigare varit en av hans bästa vänner. De hade försökt få tag på honom med inte kommit någon vart. Både han och Roger var fortsatt försvunna. På måndag skulle de göra en avstämning med polisledningen för att avgöra om de skulle prioritera upp dessa två försvinnanden.

När de träffade Malin och Katrin vid bussen hade de bägge undrat vad som oroade Bror och Eva men de hade skrattat bort frågan och ansträngt sagt att allt var bra. Malin och Katrin hade nickat i samförstånd. Att de inte litade på Bror och Evas försäkran var uppenbart.

Men de släppte ämnet och gick snabbt över till att stämma av att de fått med allt inför våldgästningen hemma hos Olle och Jovana. Eva hade pratat med Myran och där var allt klappat och klart. De satt i bilen och skulle möte upp resten av gänget ute i Björkekärr. Tanken var att de skulle komma i samlad tropp till Olle och Jovana.

Men som sagt, nu satt de på bussen och sakta men säkert flyttades fokus över till den stundande festen. Det skulle bli trevligt och det skulle bli skönt att slippa älta allt jobbrelaterat. När de kom fram fick de vänta en liten stund innan Erik och Myran dök upp. De samlade ihop sig och gick tillsammans bort mot Olle och Jovanas hus.

"Men vilken trevlig överraskning" sa Jovana när hon öppnade dörren.

"Grattis, grattis" ropade de i kör.

"Jag får erkänna att jag misstänkte att något var på gång. Olle var oväntat angelägen om att vi skulle klä upp oss, även om det bara skulle vara vi två. Nu gör vi oftast så ändå men den här magen och min foglossning har sänkt klädstandarden en aning måste jag erkänna. Med tanke på hans påstridighet var jag kanske inte helt överraskad. Men jag är lika glad för det. Jätteroligt, kom in" sa hon med ett skratt och en liten vänskaplig knuff i sidan på Olle.

In kom en lång rad med dricka, maträtter och paket som dukades upp i köket.

"Nu ska du sitta still och låta oss sköta allt" sa Malin med låtsad sträng röst till Jovana. "Olle kan dock få hjälpa till."

Jovana vaggade tungt bort till en fåtölj i vardagsrummet. Det var uppenbart att hon var rejält besvärad av foglossningen. Väl där satte hon sig till rätta och såg mycket nöjd ut. Tjejerna tog kommando i köket och värmde på och dukade upp maten. Grabbarna dukade fram dricka och tilltugg.

"Jag föreslår att vi tar tilltugg samtidigt som vi öppnar presenterna om ingen protesterar. Jag lägger upp för dig Jovana så behöver du inte flytta från din bekväma fåtölj" sa Katrin och gick in till köket för att plocka ihop en tallrik till henne.

Det blev fullt fokus på att äta och öppna paket. Det mesta var babyleksaker men även en skötväska och en mysig babyfilt packades upp. Olle och Jovana riktigt strålade.

"När är leveransen planerad?" undrade Erik

"Nästa helg är det sagt, men som jag känner mig just nu, kan det ske när som. Jag är så trött på att gå omkring med den här magen, ni skulle bara veta."

"Jag tror vi alla förstår det. Vi har sett hur besvärligt du haft det senaste tiden."

"De säger att problemet med foglossningen kan upphöra nästan direkt efter nedkomsten, jag vet inte om jag vågar hoppas på det."

Olle tog med sig gänget upp till andra våningen och visade upp nya barnkammaren som de tapetserat och inrett. Sedan plockade man undan alla presentpapper och ställde upp presenterna på ett bord i hörnet av rummet. Därefter dukades varmrätten fram.

"Det här kan jag vänja mig vid" sa Jovana när Katrin på nytt kom fram med varmrätt och dricka.

"Jag är rädd för det" sa Olle och skrattade samtidigt som han ömt strök henne över kinden.

"Men nog om oss nu. Hur har det gått i Jönköping och har ni hört något nytt om adoptionen?" frågade Jovana och vände sig mot Erik, Myran, Malin och Katrin.

"Vi kan börja" sa Malin efter en stunds tystnad. "Vi fick besked om adoption i veckan och kommer att få hämta hem en liten flicka från Kina om tre månader."

"Grattis, grattis, vad roligt" sa alla nästan i mun på varandra.

"Det var trögt länge men helt plötsligt lossnade det. Vi har undersökts noga, både på längden och tvären. Inte helt lätt att bli godkända som blivande föräldrar vill jag lova. Det ska bli så spännande" kommenterade Katrin och hon och Malin riktigt strålade mot varandra.

"Känn ingen press, visst skulle det vara roligt med ytterligare några små i gänget" sa Olle och tittade menande på Bror, Eva, Erik och Myran.

"Vi passar. Jag kan berätta om Jönköping om ni är intresserade" sa Myran.

Hon berättade om både den temporära lägenheten och den lite större som de skulle flytta in i. Det kom många frågor på lägenheten och Myran hade med sig planritning och bilder som hon skickade runt. Erik berättade kort om sitt nya arbete som platschef och även om kunderna de arbetade för.

"Hur går det på ditt nya arbete då? Var inte det åt samma håll som Brors nya uppdrag?" undrade Olle.

"Fast på olika sidor av förhandlingsbordet kan man säga. Bror företräder arbetsgivaren i olika struktureringsärenden och jag arbetstagarna. Men som tur var kommer vi inte mötas i samma ärenden, hoppas jag" skrattade Myran.

"Men hur var det, hade inte du förlorat arbetet i samband med en omorganisation?" frågade Malin och vände sig till Jovana.

"Det stämmer men det är inga problem. Jag valde själv att gå. Jag kommer med lätthet hitta ett nytt jobb när jag ska tillbaka och arbeta, tror jag i alla fall."

"Men ni ska väl dela på föräldraledigheten? När måste du hitta ett arbete?" frågade Eva.

"Vi har inte pratat igenom det än, om Olle går med på det vill jag vara hemma så mycket som möjligt. Kanske om ett år. Nittio dagar är reserverade för var och en av oss och kan inte flyttas över."

"Men nu vill jag veta vad Bror och Eva pratade om när vi möttes inne i stan. Det var uppenbarligen något som oroade er bägge" sa Katrin och vände sig mot Eva och Bror.

"Som ni vet kan jag inte berätta så mycket. Vi har två försvinnanden, ett som berör en kollega till Bror och ett till med en kille i samma bransch. Återigen har våra vägar korsats" svarade Eva.

"Men inga nya otäcka drunkningstillbud, bränder och mord hoppas vi" kommenterade Jovana och Eva och Bror skakade unisont på sina huvuden.

"Men jag har faktiskt också ett eventuellt försvinnande av en konsult i samma bransch från mitt arbete" sa Myran och allas blickar vändes mot henne.

Myran berättade om sitt uppdrag och om konsulten och hennes kollega som hamnat i en ordväxling och sedan om nästa möte där konsulten inte dök upp.

"Verkar vara en farlig bransch det där" sa Olle.

"Jo, jag glömde nästan. Vi fick med oss beröm till dig Bror. En av killarna som fått sparken hade tydligen en kusin på Haverborgs och hade berättat för min kollega att de uppskattat hur deras omstrukturering hanterats. Sträck på dig, det har du gjort bra förstår jag."

Kvällen fortsatte med detaljerade frågor om den stundande adoptionen för Malin och Katrin och vid elva såg de alla att Jovana var rejält trött och de gjorde en tidig kväll.

31

Fredbergsgatan
Lördag

När Bror vaknade hörde han redan Eva rumstera runt ute i köket. De hade kommit överens om att åka på en utflykt till Marstrand under dagen och de skulle ta med matsäck, vilket troligen var det som Eva jobbade med.

Ute i köket var bagetterna uppskurna och skulle fyllas med god ost, rökt korv och skinka som de köpt tidigare i veckan. Bror gick fram och gav henne i varm kram och kysste henne försiktigt i nacken.

"Distrahera mig inte" sa Eva med glad röst "Se till att koka kaffe nu så vi kommer iväg som planerat."

Härliga mackor, kaffetermos, sittunderlag och ryggsäck. Nu var allt på plats för en trevlig utflykt i höstvädret.

Det skulle ta nästan en och halv timme med både spårvagn, tåg och buss innan de var framme. Vid sådana här tillfället hade det varit bekvämt med en bil. Med bil hade resan tagit knappt en timme. Men bil innebar också ett antal problem, framför allt parkering. De hade diskuterat frågan ett antal gånger men kostnad, miljö, men som sagt problem med parkering gjorde att man fortsatt förlitade sig på allmänna kommunikationer. Vilket också allt som oftast fungerade riktigt bra, trots att alla klagade. Men det verkade höra till, att klaga på allt som är statligt och kommunalt. Trots att det mesta fungerade bra.

Luften var hög och klar, en vacker höstdag. Skulle bli riktigt trevligt att komma ut från staden och bryta av mot vanliga trallen. De hade inte kommenterat Myrans berättelse från Jönköping men den skulle med all säkerhet dyka upp idag. Bror ville inte stressa fram diskussionen, den fick komma när Eva var mogen för det. Han visste att hon hade dåligt samvete för att hon pratade mer om sitt arbete än hon borde. Samtidigt hade deras vägar korsats flera gånger och hade de inte pratat ihop sig hade en del mysterier förblivit olösta. Ville i alla fall Bror tro. Det var också genom att lägga sig i som de både träffats, vilket var det bästa av allt.

Nu satt de på Bohusbanan upp mot Ytterby där de skulle byta till buss västerut mot Marstrand. De hade från början planerat att komma iväg redan vid åtta på morgonen men det hade inte fungerat. Nu var klockan strax före elva och de skulle komma fram först vid halv tolv.

Efter ett kort stopp vid Ytterby hade de kommit på bussen västerut. Landskapet blev allt kargare längre ut i havsbandet de kom. Västkustens kala klippor som var så annorlunda mot den lummiga grönska som fanns i Stockholms skärgård där Bror spenderat ett antal somrar för några år sedan.

Vid halv tolv gick de på den lilla färjan som skulle ta dem över till ön med sina mysiga trähus vid stranden och den mäktiga Carlstens fästning uppe på höjden.

På ön fanns en vandringsled på ca fem kilometer som skulle ta en dryg timme att gå runt. De hade inte tagit beslut om de skulle betala inträde och besöka fästningen eller inte. De tänkte gå över till öns västra sida och dricka kaffe och äta en bit. Efter en behövlig paus skulle de vara tillbaka vid fästningen strax efter ett, då fick de se om de orkade med ett besök eller inte.

De började med att gå längs norra sidan av ön. De passerade det stora gula varmbadhuset och gick sedan via en smal stig bort till nålsögat, den smala passagen mellan två bergväggar. Sedan gick de söderut upp till Eriks grotta och näckrosdammen. Därefter västerut ut mot det öppna havet. När de kom fram till en hög punkt med bra utsikt över havet bestämde de sig för att ta sin noggrant förberedda matsäck. Från utsiktspunkten såg man ut över mötet mellan de två haven Kattegatt och Skagerack. En härlig saltfylld bris mötte dem där de satte sig ner för sin picknick.

Mackorna och kaffet smakade underbart. Det smakade alltid bättre ute i det öppna. Konstigt men så var det. Kaffe och goda smörgåsar på en sådan här plats med frisk saltmättad vind var magiskt.

"Vad tror du om det som Myran berättade igår?" sa Eva efter en stunds tystnad.

"Det var spännande. Både att ytterligare en konsult försvunnit och att det fanns en koppling till Haverborgs. Jag tror faktiskt att jag kommit på vem kusinen är" sa Bror och berättade sedan om killarna som han träffat på som beundrade den röda bilen.

"Du misstänker alltså att kusinen som den här Johan presenterade är killen från Jönköping?"

"Skulle kunna vara det men jag bara gissar."

"Var det inte den där Johan som var intresserad av Berit. Men hon är inte försvunnen? Hon har slutat sa du."

"Det stämmer. Hon har en likadan gammal bil som den som Johan visade upp. Tydligen var hans intresse av Berit kopplat till de gamla bilarna."

"Okej men det är något som gnager. Du vet som de säger i de där gamla deckarna. Hata slumpen. Det finns så mycket som nästan hänger ihop för att det ska gå att ignorera. Håller du inte med?"

"Men Haverborgs hänger inte ihop mer än den här kusinen som dök upp. Det finns inga saknade personer inom det uppdraget. Eller har du en annan åsikt?"

"Vi sorterar ut fakta först, Vi väntar med aningarna. Roger och Mårten har bägge fått hotfulla brev. Bägge har försvunnit och en mystisk falskskyltad bil har befunnit i närheten av deras bostäder. De hänger definitivt ihop."

"Jag håller med, något mer?"

"Det finns inget i deras nuvarande uppdrag som kan kopplas till hotbreven. Inte ens när vi tittar på kunder ett antal år tillbaka i tiden finns något som skulle motivera detta. Vi är ganska säkra på att det finns något, längre tillbaka, som är orsaken, men vi har ingen aning om vad."

"Så bra, har vi avverkat fakta nu. Vad finns det som är mer vagt?"

"En underlighet är att skylten till den falskskyltade bilen var stulen från ett garage intill Haverborgs. Det Myran berättade om var en ordväxling mellan hennes kollega och konsulten som avsåg en händelse långt tillbaka i tiden. Killen som fått sparken i Jönköping har en kusin som arbetar på Haverborgs. Konsulten i Jönköping har försvunnit. Räcker det?"

"Jag vet inte, är det inte för luddigt. Läser du inte in saker som inte är något?"

"Kanske, men som sagt hata slumpen. Roger och Mårten vet vi har ett samband. Frågan är om det finns ett samband med den där konsulten i Jönköping och eventuellt med någon på Haverborgs? Vad tror du? Ta fram allt, även den mest långsökta misstanke. Hjälp mig?"

"Jag har två små händelser som kanske skulle kunna vara något. Men det är definitivt långsökt" sa Bror efter en längre stunds funderande.

"Berätta, det är inte så att du är under ed. Nu spånar vi bara."

"För det första. När Mårten började hos oss fick jag intryck av att han kände igen Berit. Men när jag berättade vad hon hette sa han att det måste vara fel. Han såg definitivt inte helt nöjd ut med svaret. Jag frågade Berit om hon visste vem Mårten var men det gjorde hon inte sa hon, mer än att hon kände till honom som en kollega i branschen. Men jag vet inte om hon var helt uppriktig."

"Du hade en till också."

"Jag frågade Berit om hon visste vem Roger var. Hon svarade att det gjorde hon. Hon kände till alla i branschen som arbetade i Göteborg. Återigen fick jag en känsla av att hon inte var helt uppriktig."

"Okej, du menar att Berit eventuellt kände Roger och Mårten bättre. Kan det här vara kopplingen till Haverborgs?"

"Men Berit är väl inte försvunnen?"

"Det vet vi inte, hon är inte längre kvar hos er. Varför slutade hon?"

"Vet inte. Hon var väldigt knepig och svår att få närmare kontakt med. När du säger det upplevde jag att hon blev orolig för något. Sedan började hon avvika från våra möten och sedan sa hon upp sig. Men det kan ha varit vad som helst.

"Ja, men som jag säger, hata slumpen. Kan det vara så att Berit, Roger och Mårten har ett samband. Hur kan vi få reda på det?"

"Det bästa är att fråga Berit, de andra två vet vi inte var de finns. Jag kan försöka få tag i henne på måndag."

"Bra, det var bra att sortera upp tankarna en aning. Nu går vi tillbaka."

När de kom tillbaka till fästningen hade de inte ork för ett besök, utan åkte över till Koön och tog bussen tillbaka mot Göteborg.

Tillbaka på Fredbergsgatan var de bägge utmattade, på det sätt man blir när man vistats ute i friska luften länge. Det blev en lugn och skön lördag kväll med pizza, öl och tv.

32

Partille
Söndag

Idag var de bjudna på lunch hos Evas föräldrar ute i deras nya lägenhet i Partille. Nu hade de kommit i ordning och ville visa hur det fått till allt. Vid de senaste besöken hade det stått kartonger staplade lite varstans och alla tavlor och gardiner var inte på plats. Nu skulle allt vara i ordning och de ville bjuda på lunch.

I samma veva som de satte sig på bussen ut mot Partille plingade det till i Brors telefon.

"Olle och Jovana är på väg till bb. Det blir en vecka tidigare än beräknat eller hur?" sa Bror och vände sig till Eva.

"Det var nästa helg enligt plan. Spännande."

"De åker väl in till Östra sjukhuset, då är vi nära till."

"Ja det stämmer men det kan ta lång tid, vi hinner nog lämna Partille innan vi kan komma upp och hälsa på. Om de nu orkar med ett besök så tidigt."

De steg av vid Partille centrum och gick via Allums shoppingcenter för att köpa en blomma att ta med. Strax före tolv ringde de på nere vid entrén. Dörren klickade till och de gick in för att åka upp till lägenheten.

Evas mamma öppnade med ett soligt leende och kramade om, först Eva och sedan Bror.

"Det här har jag sett fram emot. Det ska bli så roligt att visa hur vi fått till det" sa Evas mamma och kunde knappt vänta på

169

att de skulle ta av skorna innan hon ville mota de unga in i lägenheten.

Visserligen hade de flesta möbler redan varit placerade på rätt ställe redan förra gången de var här. Nu var alla kartonger borta, tavlor uppsatta och gardiner i alla fönster. En byrå hade bytt plats kunde Bror konstatera, i övrigt var möblemanget precis som vid förra besöket.

"Har ni fått upp alla grejor från flyttkartongerna?" undrade Eva.

"Ja allt är uppackat och placerat i skåp och garderober. Vi fick faktiskt plats med allt" sa Evas mamma.

"Kartongerna har jag tagit ner till källaren. Du kan få vika ihop de sista, jag vet hur mycket du gillar det" sa Evas pappa och skrattade.

Bror var tvungen titta en extra gång innan han insåg att de retades med honom. Han ville verkligen inte vika ihop några fler kartonger och det visste både Eva, hennes mamma och pappa. Alla skrattade åt Brors irriterade reaktion innan han insåg att de inte varit allvarliga.

De hade möblerat ett vardagsrum med soffa och fåtöljer tillsammans med några hyllor. Men ingen tv, den fanns i ett av sovrummen som också skulle fungera som gästrum. Sovrummet rymde säng och några garderober. I köket fanns ett stort matbord som skulle passa både till vardags och till gästbjudning.

"Vad fint ni fått det" sa Bror och kände att han verkligen trivdes i deras lägenhet. Han gillade vardagsrummet som var möblerat endast för samvaro och inte dominerades av en stor tv som tog över allt i rummet. Så här skulle han vilja ha det också, men hemma på Fredbergsgatan var det inte möjligt.

"Tack, vi är jättenöjda. Det har blivit om möjligt ännu bättre än vad vi trodde. Dessutom är vi glatt överraskade att vi fick plats med allt vi hade med oss. När ni var här sist var vi rädda att vi skulle behöva göra oss av med massor av grejor, så blev det inte."

"Har ni hunnit bekanta er med omgivningarna?"

"Javisst, vi har full koll på shoppingcentret. Allum är riktigt

170

trevligt. Dessutom har vi hittat ett antal mysiga promenadstråk i närheten. Området norr om järnvägen som kallas Paradiset är för närvarande en favorit. Där finns både ett ståtligt hus, Villa Porthälla från tidigt nittonhundratal och en borg som tydligen hör ihop med villan. Ska tydligen vara byggda av en industriman för hans hustru som var från Tyskland. Sedan ska det finnas ett trevligt naturområde uppe vid Björndammen, men det området har vi inte hunnit utforska ännu."

Det plingade det till i telefonen och Bror tog snabbt upp den.

"De fick åka hem igen, falskt alarm tydligen" sa Bror och förklarade att deras bästa vänner väntade barn och hade åkt in till bb när de var på väg ut till Partille men hade skickats hem på nytt.

"Det är inte ovanligt. Förstagångsföräldrar är ofta snabba med att åka in. Det kan dröja många dagar än. Ska vi sätta oss till bords nu?" sa Evas mamma och bjöd in till köket.

De blev bjudna på isterband och dillstuvad potatis. En maträtt som Eva ofta berättat om men som Bror aldrig smakat på. Det var riktigt gott. Äkta husmanskost rakt upp och ner. Det här kunde han tänka sig laga till själv också. Skulle fråga hur man gjorde bara innan de åkte hem.

Efter maten serverades kaffe och en rabarberpaj i vardagsrummet.

"Har ni några nyheter från era arbeten?" undrade Evas pappa.

"Nej det har vi inte. Bror har haft det betydligt lugnare sedan sists" berättade Eva snabbt innan Bror skulle försäga sig insåg han. Han visste att hon hade dåligt samvete för att hon pratade för mycket om sitt arbete med honom men hon ville tydligen inte berätta om de försvinnanden som var aktuella.

"Jag tänkte på det ni berättade sist om den där incidenten där en konsult blev åtalad. Kommer ni ihåg vilket år och vilket företag som det berörde?" frågade Eva.

"Varför är du nyfiken på det?"

"Det är en grej på jobbet som jag vill följa upp bara. Jag kan tyvärr inte berätta några detaljer. Kommer ni ihåg?"

"Det måste varit 1990 plus minus några år. Jag kommer inte

ihåg vad företaget hette."

"Var låg företaget?"

"Jag tror det var nere i Örebro. Var det inte så?" sa Evas mamma och vände sig till sin make.

"Ja eller Arboga."

"Men sa ni inte att det var uppe i era trakter. Örebro eller Arboga ligger väl inte nära Borlänge."

"Jo det stämmer, allt är relativt. Örebro är ur ett utökat perspektiv i våra trakter. I alla fall mycket närmare än Stockholm och Göteborg."

Eva styrde sedan bort samtalet till gamla bekanta och släktingar uppe i Borlänge. Bror kunde se att hon i bakgrunden processade det hon fått berättat om konsulterna från sina föräldrar.

Vid tre tackade de för sig. De hade tänkt åka hem och städa och tvätta. De hade kommit efter framförallt kring tvätten och hade lyckats boka en tvättid på söndag eftermiddag.

"Kan verkligen den där incidenten hänga ihop med de försvunna konsulterna? Känns inte det väldigt långsökt?" undrade Bror när de satte sig ner på bussen.

"Du har troligen rätt, du vet det här med att alla känner alla i några led. Kanske det gäller den här typen av händelser också. Jag tänker följa upp det, har en känsla om att det kan vara viktigt. Men troligen för att bara kunna sortera bort det från våra kommande undersökningar."

"Jag ska försöka få tag i Berit imorgon. Ska jag fråga henne om den gamla incidenten tycker du?"

"Nej det ska du inte. Får du tag i Berit är fokus att se om hon känner Anders Frisk. Samt att om det fungerar, på nytt se om hon inte känner Roger och Mårten."

"Ska bli konstapeln" sa Bror och skrattade.

"Nog om det. Jag tycker att de fått till det fint i lägenheten, tycker inte du det också?" undrade Eva och markerade tydligt att diskussionen om konsulterna var avslutad.

"Ja, jag gillar att de har ett vardagsrum utan tv som dominerar. Känns inbjudande och mysigt tycker jag. Jag hade själv gärna gjort så men jag vet inte hur vi ska kunna få till det hemma hos oss. Vi kanske ska fundera på om det är möjligt nu när vi kikar på nya möbler. Vad tycker du?"

Innan Bror hann svara plingade det till i telefonen på nytt.

"Nu är de på väg till bb igen. Hoppas det inte är ett nytt falsklarm. Kanske får vi åka och titta på en bebis imorgon."

33

Polishuset
Måndag

Eva insåg att det hon tänkte undersöka var en riktig chansning. De hade inga andra spår kring Roger och Mårtens försvinnanden. Att undersöka den här eventuella kopplingen mellan Roger, Mårten och Anders skulle inte störa någon annan aktivitet. För de hade uppriktigt sagt inga andra uppslag just nu.

Men hon måste få med Jörgen, hon kunde inte göra det här ensam. De extra resurser som de förfogat över tidigare fanns inte längre kvar. Ny förstärkning kring de två försvinnandena hade uteblivit. Sjukdom och andra ärenden hade inneburit att det fortsättningsvis bara var hon och Jörgen i gruppen.

När hon tog in Jörgen på ett uppstartsmöte för veckan visade det sig att han var uppbokad på annat och skulle bara kunna lägga begränsat med tid.

Men hon hann med att dra sina tankar för honom. Som hon misstänkte var han skeptisk men höll med om att undersöka en eventuell koppling till Anders Frisk i Jönköping i alla fall inte kunde störa. Att det skulle kunna hänga ihop med det nästan trettio år gamla ärendet som Evas föräldrar berättat om trodde han inte mycket på.

De kom överens om att Eva skulle undersöka Jönköpingsspåret och sedan skulle de göra en gemensam avstämning i slutet av dagen.

Eva började med att ringa Myran och fick via henne reda på

företaget som Anders Frisk arbetade på.

Samtalet till företaget bekräftade det som Myran berättat. Anders var försvunnen och man hade nu på morgonen gjort en polisanmälan. Man hade avvaktat förra veckan då man inte ville blanda in polisen i onödan som man uttryckte det. Kollegor hade upprepade gånger försökt nå honom på telefon. De hade även varit ute hos hans lägenhet och ringt på, men inget svar varken på telefon eller när man var utanför dörren. Eva fick kontaktuppgifter till polisen i Jönköping.

Efter många samtal fick till slut Eva kontakt med en kollega i Jönköping. En kollega som var märkbart ointresserad.

"Ja vi fick in en anmälan idag. Men det känns inte prioriterat. Det har bara gått några dagar. Han kommer säkert att dyka upp. Försvunna personer brukar göra det."

"Ja fast jag har annan information som kanske ändrar på prioriteringen" sa Eva och fick sedan förklara allt om de två försvinnanden som hon och Jörgen utredde.

"Jag förstår ditt dilemma. Varför skulle den här Anders hänga ihop med dina två konsulter i Göteborg?" undrade han.

Eva förklarade den vaga kopplingen via killen som fått sparken och som hade en kusin på Haverborgs. Hon insåg när hon berättade hur osannolikt det lät och ångrade nästan att hon dragit igång diskussionen.

"Om jag förstår dig rätt är den enda kopplingen att alla tre är konsulter inom verksamhetsstrukturering. Samt att alla tre försvunnit. Det finns en mycket vag länk mellan en anställd här i Jönköping och er utredning. Du hör själv hur långsökt det här verkar. Jag kan inte dra igång något stort baserat på det här det förstår du väl?" sa han med en lilla-gumman-attityd som retade upp Eva.

"Det stämmer. Men min intuition säger att det hänger ihop. Om man nu får motivera något med intuition. Finns det någon möjlighet att ni kan göra en undersökning i hans lägenhet. Hittar ni ett hotbrev vet vi att allt hänger ihop. Hittar ni inget släpper vi det. Kan du vara bussig och hjälpa mig med det?" frågade Eva med sin lenaste röst.

175

"Jag hör att du är angelägen. Dessutom har jag en viss tillit till intuition. Jag ska se om jag kan hitta en lucka för en snabb undersökning. Den får jag göra själv för jag kan inte lyfta upp detta till någon i polisledningen här. Risken är att jag skulle bli utskrattad. Jag kan inte lova något. Jag hör av mig."

"Tusen tack, jag litar på dig."

Eva var nöjd med att hon inte retat upp sig på hans initialt mästrande ton. Hade hon gjort det hade hon aldrig fått det vaga löfte om en snabb undersökning som hon fått. Nu kunde hon inte göra mer, utan vänta och se.

Däremot skulle hon försöka få tag på Myrans kollega, Gunvor. Hon kunde sitta på mer information. Tyvärr visade det sig att hon inte svarade på telefon. Vilket också stämde med Myrans besked om att hon var på semester och skulle vara svår att nå. Hon lämnade ett meddelande och bad henne ringa tillbaka. Nu kunde hon inte göra mer än att vänta, även där.

Hon stötte ihop med Jörgen vid lunch och berättade om sina nästan fruktlösa försök.

"Har du någon annan idé om hur vi kan få reda på om dessa tre känt varandra någon gång bakåt i tiden?"

"Man kan via Skatteverket få ett utdrag över alla folkbokföringsadresser för en person under sin levnad, i alla fall efter 1990. Jag vet inte om man kan få fram deklarationer från trettio år tillbaka. Där skulle vi kunna se om de arbetat på samma företag någon gång."

"Bra idé, jag behöver någon form av myndighetsbeslut för att göra det, stämmer inte det?"

"Jo, det behövs nog. Ett beslut för Roger och Mårten kan du få ganska enkelt, ska du få med Anders behöver du hjälp från Jönköping."

"Jag tänkte på det här åtalet mot konsulterna som gällde det mina föräldrar pratade om. Belastningsregistret och misstankeregistret raderas efter fem eller maximalt tio år. Där kommer jag inte hitta något."

"Precis, däremot sparas domstolshandlingarna. Kan du hitta rättsprocessen går det hitta alla uppgifter från arkiven. Men kan verkligen den där gamla händelsen ha något med det här att göra? Det verkar väldigt långsökt."

"Bra uppslag, jag lägger in begäran om myndighetsbeslut om Mårten och Rogers folkbokföring och deklarationer nu direkt. Jag tar upp begäran kring Anders Frisk när jag hör av polisen i Jönköping, om de nu hör av sig."

Nu var det ytterligare en undersökning som hamnade i vänteläge. Polisen i Jönköping, Myrans kollega Gunvor och nu begäran om beslut för att plocka fram uppgifter från Skatteverket. Det var både bra och dåligt. Bra att de hade tre uppslag på gång. Dåligt att det inte fanns något att göra just nu vilket var frustrerande.

När Jörgen var på väg till sitt nästa möte vände han sig om.

"Du skulle kunna kontrollera deras profiler på LinkedIn om de har någon. Eventuellt har de med hela sin cv på profilsidan."

"Bra, jag slänger mig över det nu direkt."

Precis när Eva kom tillbaka till sitt kontor och satt sig ner för sina undersökningar på LinkedIn ringde polisen i Jönköping tillbaka.

"Hej, nu har jag varit hemma hos Anders. Var inte helt lätt men träffade en pragmatisk fastighetsförvaltare som släppte in mig utan husrannsakan. Inte så ofta som man har sådan tur."

"Vad bra, hittade du något?"

"Jo faktiskt. På kylskåpet satt ett brev uppsatt som utan tvekan var ett hotbrev. Jag tog en bild, ska jag skicka över den?"

"Ja tack" sa Eva och märkte hur pulsen gick upp.

Dokumentet som kom via mejlen var välbekant för Eva.

Jag är väl medveten om din yrkeskarriär och de resultat som ditt arbete skapat. Har du själv hållit räkning på alla de människoliv som du raserat och förstört? Om du inte gjort det skulle jag uppmana dig att gå tillbaka i tiden och sammanfatta vad du orsakat.

Jag har förstått att du tillsammans med ett antal kollegor varit uppskattade och framgångsrika konsulter. Konsulter som används som inhyrda

*legosoldater i organisationer som ville bli av med
oönskade medarbetare. Jag undrar om du är stolt över
vad du åstadkommit?*

*Jag skriver till dig för att berätta att du nu själv
kommer att utsättas för en granskning. En granskning
där DU kommer att få stå till svars för alla de liv du
spolierat.*

"Det hänger ihop. Det är exakt samma brev som Roger och
Mårten fått. Helt otroligt" sa Eva.

"Jag håller med. Jag måste erkänna att jag tyckte du var ute
och cyklade. Just nu är jag glad att jag åkte dit. Vad gör vi nu?"

"Jag vet inte. Hur såg det ut i lägenheten, fanns det tecken på
bråk?"

"Nej inget sådant. Mycket prydlig lägenhet. Jag skulle vara
glad om jag själv hade det så där snyggt hemma någon gång."

Eva berättade om undersökningarna som hon och Jörgen
kommit överens om och kollegan i Jönköping tyckte det lät bra
och skulle beställa ett beslut om utdrag från Skatteverket för
Anders Frisk också.

Precis då ringde det på Evas mobiltelefon och hon såg att det
var Myrans kollega som hörde av sig.

"Ursäkta men jag måste ta det här samtalet. Vi kan höras
senare. Då bestämmer vi hur vi går vidare."

"Gör så. Hör av dig imorgon. Jag måste springa iväg på ett
annat ärende" sa han och avslutade samtalet.

"Eva Lind polisen Göteborg" svarade Eva precis innan
uppringningen skulle avslutas.

"Hej det här är Gunvor Lundin Unionen Jönköping. Du hade
ringt mig."

Eva fick återigen gå igenom deras konstiga försvinnanden
som de arbetade med och kom till slut fram till mötet som Myran
återberättat.

"Vi är nyfikna på den här händelsen som du blev upprörd
över relaterat till Anders. Vad var det för något?"

"Det var en förhandling som vi bägge var inblandade i. Jag

var ung och oerfaren ock gick med på ett förslag från konsulten som jag inte borde gått med på. Det resulterade i att två personer fick sparken på grund av förfalskade bevis. Bevis som konsulterna planterat."

"Vad hände sedan?"

"Tyvärr begick personerna som blev avskedade självmord. Jag har levt med dåligt samvete för det ända sedan det hände. Det kommer aldrig att lämna mig. Det är min stora sorg i livet."

"När var det här? Var någonstans? På vilket företag?"

"Det här var 1990 eller året innan. Förhandlingen var på vårt kontor i Örebro. Vad företaget hette kommer jag inte ihåg, det var väldigt länge sedan. Däremot glömmer jag aldrig Anders och den kvinnliga konsulten som var chef för konsultgänget."

"Minns du vad hon hette?"

"Ellen Gren eller Gran eller något liknande."

"Hände det något mer i ärendet?" frågade Eva och tänkte på hennes föräldrars berättelse om åtal.

"Konsulterna blev åtalade och vad jag minns blev Ellen fälld och fick fängelse. De andra blev frikända, om jag inte kommer ihåg fel."

"Tusen tack, att du ringde tillbaka. Du har hjälpt oss framåt i en besvärlig utredning."

34

Kindblom & Thorning
Måndag

Bror hade promenerat över till Kindblom & Thornings kontor när han skildes från Eva vid Brunnsparken. Det fick bli ett snabbt besök då han hade ett möte ute hos Haverborgs vid tio på förmiddagen. Han ville se om Berit hade lämnat några nya kontaktuppgifter. Han hade försökt ringa henne men fått besked om att numret inte längre var i bruk. Han kunde inte förstå varför, men hon hade säkert sina skäl.

Uppe på kontoret gick han direkt in till Birger.

"Har du nya kontaktuppgifter till Berit?" undrade Bror.

"Nej, hon har samma mobilnummer fortfarande. Varför frågar du?"

"Jag har försökt nå henne men numret är inte längre i bruk."

"Ingen aning. Kvinnan är ett mysterium. För att vara riktigt ärlig är jag glad att hon inte längre är kvar hos oss. Varför behöver du få tag i henne?"

"Det var bara en detalj som jag ville fråga om. Det är inget stort problem" svarade Bror men var samtidigt ännu mer bekymrad. Varför hade hon avslutat sitt gamla mobilnummer. Låg det något bakom Evas teorier om att Berit hängde ihop med de tre andra försvunna konsulterna.

"Släpp den där kvinnan nu. Hon har slutat och arbetar inte längre hos oss. Hon var oförskämd och bara till besvär. Du kan inte låta henne fortsätta att tynga ner dig."

"Nej du har rätt. Jag åker ut till Haverborgs nu. Ska träffa gamla kundservicechefen och gå igenom kravspecen för nytt datorstöd" sa Bror och lämnade kontoret hastigt för att hinna i tid till sitt möte.

Mysteriet med de försvunna konsulterna malde i hans huvud. Att det inte gick att få tag i Berit, innebar det att även hon var försvunnen? Inte helt omöjligt men det var bara spekulationer.

Bror var försenad med tio minuter och Henning stod och väntade på honom i receptionen. De hade träffats ett antal gånger, Bror upplevde honom som grå och tillbakadragen. En äldre man som inte gjorde mycket väsen av sig. Han såg ut som en förvaltare och inte någon som skulle driva förändringsarbete. Kanske var det därför han tackat nej till att fortsätta som kundservicechef.

"Hej, kan inte du berätta om nuvarande kundserviceorganisation så jag får en bättre bakgrund till det vi arbetar med" öppnade Bror med.

Henning hade arbetat på kundservice i nästan trettio år. Han hade börjat som kundsupportmedarbetare och arbetat sig uppåt fram till att han fått positionen som chef för knappt fem år sedan.

"Idag har ni ett antal kontor runt om i landet. Har det alltid varit så?" undrade Bror.

"Ja, det har sett ut så här så länge som jag kan minnas. Går vi tillbaka tjugo år i tiden fanns det inget annat sätt att organisera det på. Vi har faktiskt föreslagit den här förändringen som ni nu genomför redan för tio år sedan. Vi var några som insåg att supportfunktionen kunde byggas upp mycket effektivare om man samlade allt till ett och samma ställe. Samt effektiviserade med modern teknik. Men Valdemar vägrade. Han ville inte hålla i yxan. Han har alltid varit mån om alla sina anställda."

"Du menar att det vi drev igenom nu har varit uppe för diskussion tidigare?" sa Bror med en illa dold förvåning.

"Ja, flera gånger. Det var ingen direkt nyhet."

"Men det blev nästan en folkstorm när jag berättade."

"Jo, men det var bara några få som var högljudda. De har varit emot det här under alla år och nu fick de vräka ut sitt

181

missnöje mot någon ny. Däremot misstänker jag att Valdemar i hemlighet är nöjd, även om han aldrig skulle erkänna det. Nu slapp han ta de obekväma besluten utan det blev Sandra och ni konsulter som hamnade i skottgluggen."

"Du får ursäkta mig, det här kom som en överraskning. Om du har velat driva igenom det här tidigare varför accepterade du inte att ta över som kundsupportchef. Jag förstod att du tackat nej?"

"Jag är sextiotvå år gammal och funderar på pension om några år. Jag tycker det är bättre att någon ny får ta över och bygga upp det här. En som blir kvar ett tag. Jag har lovat stanna kvar minst ett år. Blir det bra och jag trivs i min nya roll som *Senior advisor* så kanske det blir ett eller två år till. Om det inte blir bra, går jag i pension."

Samtalet tonade ut och de bestämde sig för att gå igenom Brors kravspecifikation på nytt datastöd istället. Precis när de börjat kom Sandra, Per och Hilda förbi och de hängde med på lunch. De fick fortsätta under eftermiddagen. Det var något som störde Bror. Något som Henning sagt som var viktigt, han kom inte riktigt på vad det var.

De packade in sig i en bil och åkte till Mölndals galleria. Högrevsburgare på John Scott's var tydligen målet. Det visade sig vara en trevlig pub som serverade lunch och på kvällen erbjöd levande musik. Men vem ville åka ut till Mölndal om man bodde centralt i Göteborg, tänkte Bror. Miljön var trevlig och burgarna höll hög klass. Samtalet flöt på bra och Bror såg en ny sida av Henning. Han tinade upp tillsammans med de yngre kollegorna. Han berättade roliga historier och blev överraskande en centralfigur vid lunchbordet. Bror såg att Sandra också var överraskad.

När de kom tillbaka till kontoret gick Bror och Henning tillbaka till sitt konferensrum. Sandra tittade in och ville att Bror skulle komma förbi henne innan han gick hem för dagen.

De satte sig ner och kom överens om att gå igenom Brors kravspecifikation i detalj. Henning hade tittat igenom den som hastigast innan mötet och tyckte den såg bra ut. Skulle de hinna göra en detaljerad genomgång skulle den vara klar som underlag för en upphandling av nya datasystem.

Det tog ett antal timmar att gå igenom utkastet. Henning kom med bra kommentarer och när de var klara visste Bror att de tillsammans skapat ett riktigt bra underlag.

"Hur har det gått för Johanna?" undrade Bror när de var klara med genomgången.

"Hon är fortsatt sjukskriven och vad jag förstår är hon i ganska dåligt skick. Svåra panikångestsyndrom är beskedet jag fått från Previa. Tyvärr."

"Är det här något nytt eller har hon varit sjuklig tidigare också?"

"Hon har haft problem från och till under åren hon arbetat här. Men så här illa har det aldrig varit."

"Vad jag förstod bröt det här ut i samband med att Sandra och Berit var här och berättade om omorganisationen första gången. Sa inte du att ni diskuterat den en längre tid. Det kan inte ha varit nytt för Johanna?" undrade Bror.

"Nej det var inte nytt för henne. Jag har själv pratat med henne om det och hon var positivt inställd till förändringen. Men som sagt så stoppade Valdemar förslaget."

"Då verkar det orimligt att det var informationen om omorganisationen som orsakade hennes problem?"

"Jag håller med. Det verkar inte sannolikt. Det måste varit slumpen som gjorde att det bröt ut i samma veva som Sandra och Berit var här första gången."

"Tack, även om det är djupt olyckligt att hon är sjuk så känns det bra att det inte är vi som orsakat det med vårt arbete."

"Nej tänkt inte på det sättet. Det är det inte. Det var något annat, vad vet jag inte, som drabbade Johanna."

De skildes åt och Bror lovade återkomma när han börjat få in förslag på system från den upphandling som han skulle starta upp imorgon.

Bror gick över till Sandra och stämde av. Samtidigt var det något som fortsatt skavde av det som Henning berättat. Men han fick inte fatt i det.

"Hej, jag vill bara stämma av. Vad jag förstod gick mötet med Henning bra idag. Vad känner du, kommer han att bli en bra resurs eller är han på väg att sluta?"

"Han kommer att vara kvar så länge som han tycker det är roligt. Den dag som det inte längre är det kommer han att gå i pension."

"Skönt att höra. Jag lovar att se till att han trivs. Han kommer att vara en viktig resurs för oss. Hade egentligen velat behålla honom som kundsupportchef men jag accepterar hans beslut att börja trappa ner mot pension."

När Bror lämnade kontoret fick han ett sms

Klockan åtta idag kom vår lilla guldklimp. Jovana mår jättebra och vi åker hem nu vid fyra. Kom gärna förbi hemma hos oss ikväll. Olle & Jovana

35

Björkekärr
Måndag kväll

Nu satt de på bussen ut mot Björkekärr. Eva och Bror hade träffats i centrum för att köpa in en present innan inför besöket.

"Jag förstår inte. Får man inte vara kvar på bb ett par dygn?" undrade Eva.

"Om jag känner Olle och Jovana rätt ville de åka hem så fort som möjligt. Jag har hört deras inställning till sjukhus tidigare. Det måste betyda att allt gått bra, om inte hade de blivit kvarhållna."

"Jag hade velat vara kvar så länge som möjligt. Varför tacka nej till att ha specialister nära till hans, det förstår jag inte."

"Så är det nog, Olle berättade att Jovana helst av allt hade velat föda hemma, men han hade tvärnekat."

"Jag hoppas att de har koll. Men de bor nära sjukhuset om de måste åka in igen. Det ska bli trevligt att titta på lillen. Jag har nog aldrig sett en så liten tidigare. Samtidigt förstår jag inte att de orkar ta emot besök."

"Håller med. Hur har det gått på jobbet idag?"

"Vi tar det sedan. Jag har en hel del att berätta. Kom du fram till något själv?"

"Jag har också ny info, vi tar det senare ikväll. Nu lägger vi fokus på nyfödingen."

När de kom fram till Olle och Jovanas hus var det full fart. Här fanns redan både Olle och Jovanas föräldrar samt Katrin och

185

Malin. Myran hade hört av sig och de kunde inte komma idag, utan de planerade att hälsa på lite senare. Det var svårt att komma fram till de lyckliga föräldrarna och den lille.

"Varför var det bråttom att komma hem? Hade det inte varit skönt att vara kvar på bb ett dygn i alla fall?" undrade Eva.

"Du vet vad jag tycker om sjukhus. Jag får nästan panikångest bara av att se ett. Att dessutom vara inlagd på ett är ännu värre. Jag ville hem så fort som möjligt" sa Jovana och log ursäktande.

"Men hade du inte svåra problem med foglossning?"

"Jo men den försvann nästan direkt efter födseln. Lite känning har jag kvar men inget som är besvärligt. Vill ni inte titta på vår lilla tjej?" sa hon och lyfte fram barnet mot Eva.

Eva tog vant emot barnet, höll handen stödjande bakom huvudet och Bror konstaterade att det såg ut som om hon aldrig gjort något annat.

Den lilla hade vaknat och titta nyfiket upp mot Eva. Hennes små, små händer greppade om hennes finger. Bror var helt tagen. Att någon kunde vara så liten men ändå vara en fungerande människa.

"Vill du hålla henne?" sa Eva och räckte över lillan till Bror. Han försökte göra som Eva och stödja huvudet och med lite hjälp fick han till det. Det var fantastiskt att hålla henne som nyfiket tittade upp mot honom. Utan att gnälla eller skrika.

Lilltjejen gnällde till och Bror skyndande sig att lämna över henne till Jovana.

"Du såg ut som om du aldrig gjort annat" sa Bror när de lämnade plats för andra som ville titta närmare på lillan.

"Viss vana har jag allt. Jag var med när mina kusiner fick barn. Men aldrig en så nyfödd som den här. Det var mäktigt. Visst var det mysigt" sa hon med något glimrande i blicken.

"Jag håller med. Ska vi mingla runt med de andra?" sa Bror och tog med Eva in till köket där det fanns både dricka och tilltugg tillgängligt.

"Jag hoppas att någon annan fixat till tilltugget. Har Jovana och Olle orkat med det också blir jag irriterad, eller jag vet inte

186

vad."

"Nej, tilltugget tog jag med mig" sa en kvinna som presenterade sig som Jovanas mamma.

De pratade runt med mor och farföräldrarna och fick till sist en stund för sig själva. Då kom Katrin och Malin fram.

"Blev ni inte lite sugna nu? Det blev i alla fall vi" sa Malin när hon böjde sig fram och tog en minimacka.

"Ja hur går det med er adoption, har ni hört något mer?" undrade Eva.

"Det går framåt, väldigt sakta. Vi hoppas få mer information nästa vecka" sa Katrin och kramade om Malin.

Eva hamnade i en diskussion med Malin och Katrin som Bror inte tog del av. Återigen var det något som gnagde. Den här gången något som Jovana eller Olle hade sagt. Precis som med Henning fick han inte tag i det. Men det var något viktigt. Det kanske blev bättre om han slutade fundera på det. Då skulle det komma fram av sig självt hoppades han.

Mor och farföräldrarna lämnade och det blev bara kompisgänget kvar. Förutom Myran och Erik.

"Berätta nu, hur var det att föda? Det ska ju göra djävulskt ont? undrade Eva.

"Det stämmer, det gjorde helvetiskt ont. Man kan undra om det är ett konstruktionsfel, eller om vi människor på sikt har skapat ett problem med födsel. Andra djur verkar inte drabbas av samma problem. Det mest fantastiska är att smärtan försvinner direkt när barnet är ute. När lillan kom så var smärtan helt borta."

"Spännande eller skrämmande eller både ock" sa Eva och skakade sakta på huvudet.

"När man är mitt uppe i det tänker man aldrig igen. Nu bara ett knappt dygn senare kan jag tänka mig en till så småningom" sa hon strålande och Bror noterade en nästan panikartad uppsyn hos Olle.

"Har ni bestämt ett namn än?" undrade Malin.

"Nej, vi har några förslag. Vi vill se vad det blir för en karaktär innan vi bestämmer oss" sa Olle.

"Nu tror jag att det är dags för er att gå. Jag orkar inte mycket mer just nu" sa Jovana och visade vänligt mot dörren.

De packade ihop och lämnade de lyckliga men trötta föräldrarna och gick gemensam bort mot bussen för vidare transport in till staden.

Inne i centrum bytte Katrin och Malin till en buss ut mot Eriksberg och Eva och Bror valde att promenera tillbaka till Fredbergsgatan.

"Vad har du att berätta efter dagen eller vill du att jag ska börja?" undrade Bror.

Bror berättade om sin arbetsdag och om mötet med Henning. Han berättade om Johanna som fortfarande inte var talbar efter sina panikångestattacker.

"Men tror du att hennes sjukdom kan ha med det här att göra?" undrade Eva.

Plötsligt insåg Bror vad det var som hade skavt i honom efter mötet med Henning och efter något som Jovana sagt.

"Om det nu är så att Berit har någon koppling till Roger och Mårten är det inte helt omöjligt. Jovana sa att hon fick panikångest av att bara se ett sjukhus. Henning berättade att hon blev sämre i samma veva som Sandra och Berit var där första gången. Det var innan jag kom med i projektet. Sedan fick hon den stora attacken när jag och Berit var där för två och en halv vecka sedan. Tänk om hon kände igen Berit och det var det som utlöste attacken?"

"Kanske, men långsökt. Jag pratade med Myrans kollega som berättade om den förhandling som hon var med om som troligen är samma som mina föräldrar pratade om. Konsultgänget var en kvinna och tre killar. Hon kom bara ihåg namnet på Anders och kvinnan. När jag nämnde Roger och Mårten sa hon att det kanske var så de hette men hon kom inte ihåg. Det var mycket länge sedan. Kvinnan och Anders blev åtalade och hon dömdes men Anders friades."

"Vad hette kvinnan?" sa Bror.

"Hon hette Ellen. Efternamnet var hon inte säker på men Gran, Gren eller något liknande. Tyvärr ingen Berit. Dessutom så har vi ju ingen aning om din Johanna har någon koppling till det där gamla ärendet."

"Snopet, det hade passat bra ihop annars. Vad ska du göra nu?"

"Vi ska fortsätta att se om vi kan hitta en koppling mellan Anders, Roger och Mårten, samt även om vi kan hitta den där Ellen. Min intuition säger mig att jag är på rätt spår. Håller du med?"

"Det är nog rätt. Men jag börjar alltmer tro att det finns en koppling till Berit. Ju mer jag tänker på det desto mer säker blir jag. Hon kan ha haft med dessa tre att göra i något annat sammanhang. Dessutom går det inte att få tag i henne. Så hon kan faktiskt vara försvunnen hon med.

"Vad menar du?"

"Jag försökte ringa till henne med det nummer vi har är inte längre i bruk och hon har inte meddelat något nytt nummer till Birger eller någon på firman. Å andra sidan har hon ju slutat så varför skulle hon? Men lite märkligt är det allt."

36

Polishuset
Tisdag

Idag skulle de fokusera på att hitta en koppling mellan Anders, Mårten och Roger. Samt leta efter den där mystiska Ellen. Skatteverket skulle höra av sig med bokföringsadresser och deklarationer, men det skulle dröja till eftermiddagen. Igår hade Eva varit på väg att undersöka personernas LinkedIn när polisen ringde från Jönköping. Sedan hade hon glömt bort möjligheten. I väntan på Skatteverkets uppgifter skulle hon undersöka LinkedIn, denna Facebook-variant för affärslivet.

Varken Anders, Mårten eller Roger fanns med i belastningsregistret eller misstankeregistret. Vilket inte var förvånande. Förhandlingen som ledde till åtal och enligt Myrans kollega till en fällande dom var nästan trettio år tillbaka i tiden. Domar fanns kvar i registren i maximalt fem år för den typ av brott som avsågs. Om inga nya brott begåtts skulle de inte hitta något. Däremot sparades domstolsdokument, men för att få fram dessa måste de få fram målsdatum eller målnummer.

Tillbaka till LinkedIn. Mårten hade bara med sina senaste fem år i arbetslivet, och alla dessa arbetsplatser var inom Storgöteborgs område. Roger hade däremot en komplett profil men arbetsplatserna var inte angivna med verksamhetsort. För trettio år sedan hade han arbetat på ett företag som hette E-Management. Samma företag dök upp på Anders profil, men även där var verksamhetsorten inte angiven. Eva sökte på företaget på nätet men fick ingen träff. Det verkade inte finnas kvar, i alla fall inte med det namnet. Eva gick till Bolagsregistret. Det hade varit aktivt under tjugosju år från 1969 till 1996. Bolaget hade haft sitt säte i Stockholm. Men företaget kunde haft verksamhet över hela riket, det kunde hon inte läsa ut. Återvändsgränd igen.

Hon gick tillbaka till LinkedIn och sökte efter bolaget och fick då upp fyra träffar. Anders och Mårten men också en Christina Hedlund och en Karl Lindström. Karl hade inga kontaktuppgifter på web-sidan men Christina hade både en mejladress och ett mobilnummer. Att hitta Karl Lindström utan kontaktuppgifter verkade mer eller mindre omöjligt. Vid en sökning av hans namn fick hon fram nästan sjuhundra träffar. Hon ringde upp Christina och lämnade ett meddelande på telefonsvararen. Därefter sökte hon upp henne på nätet och konstaterade att hon var bosatt i Strängnäs samt troligen pensionerad. Om hon var pensionerad visste hon förstås inte men hon var drygt sextiosju år gammal så det var sannolikt. Inte en återvändsgränd den här gången men ytterligare ett vänteläge.

En sökning på Ellen Gren och Ellen Gran gav inga intressanta resultat. De personer som dök upp på sökningarna stämde inte åldersmässigt. Dessutom kunde hon vara gift och numera ha ett helt annat efternamn.

Jörgen kom förbi och hon berättade om sina fynd. De var överens om att företaget E-Management var av högsta intresse. Det skulle vara spännande att hitta de brottsmål som Myrans kollega berättat om. Men för att hitta det måste de identifiera måldatum och domstol, annars skulle det vara omöjligt att leta upp.

"Ska vi gå på lunch så ser vi om den här Christina hör av sig eller om Skatteverket kommer med några intressanta uppgifter?" undrade Jörgen. De bestämde sig för att ta en längre promenad bort till Feskekörka. Det var alltid härligt att gå in i saluhallen och titta på alla fiskar, skaldjur och goda röror som fanns upplagda i diskarna. Dessutom kunde man köpa en helt fantastisk Fish & Chips i en av butikerna, vilket var deras

191

huvudsakliga mål. De kunde lika gärna unna sig en längre lunch i väntan på nya uppslag.

De satte sig vid ett av borden inne i saluhallen och packade upp sina maträtter.

"Berätta nu, vilket spår tror du mest på?" sa Jörgen och intog sin lyssnarpose.

"Vi vet att alla tre hänger ihop då de fått identiska hotbrev. När vi pratade med Roger och Mårten hade vi noterat samma mystiska bil som hängt utanför deras bostäder. Motivet är däremot oklart."

"Men berättade du inte att vi kontrollerat deras senaste uppdrag och inte hittat något som kunde motivera hotbrevet. Det fanns inget uppdrag som var känsligt och borde avbrytas, vad kan det vara då?"

"Jag misstänker alltmer att det finns något långt tillbaka i tiden. Något som de alla var inblandade i. Något som skapat ett hämndbehov hos någon. Det är därför jag undersöker det här spåret från Myrans kollega och det som mina föräldrar berättat om."

"Men i ärlighetens namn, är inte det långsökt. Det är bara en händelse. Det kan finnas många fler som vi inte har en aning om."

"Javisst, du har rätt. Har du någon idé om vad vi ska göra i stället?"

"Nej, i brist på annat får vi följa det spåret i mål. Vi måste snart börja fundera på ett nytt spår om vi inte kommer vidare."

"Ja men jag har en intuitiv känsla för att det här är rätt. Vågar man använda det som argument?"

"Oss emellan, javisst. Men argumentet får inte något större gehör hos våra chefer."

"Då kör vi det här spåret i botten. Om det inte ger något får vi ta tag i det när det är ett faktum. Ska vi gå tillbaka till kontoret?"

De följde Nya Allén västerut fram till Gamla Ullevi där de vek av ner mot Ernst Fontells plats och deras kontor.

Väl inne på arbetsplatsen hade de fått ut

bokföringsadresserna för sina tre saknade konsulter bakåt i tiden. De konstaterade att både Mårten och Roger varit skrivna i Örebro i samband med incidenten och Anders i Västerås vid samma tid. Det innebar att de skulle kunna vara inblandade i det ärende som Eva letade efter. När de gick igenom deklarationerna insåg de nästa samband. Alla tre hade inkomster från E-Management 1990. Nu var det inte bara hotbreven utan också en gemensam arbetsgivare som skapade en koppling.

"Det här stärker mig i mina antaganden. Vad tror du?" undrade Eva.

"Kanske, hoppas Christina hör av sig. Det ska bli mycket intressant att höra vad hon säger."

"Vi ska kanske kolla en sak till. Undrar var de varit bosatta och vilka arbetsgivare de haft efter deras tid på E-Management?"

Jörgen dök genast ner i deklarationerna och bokföringsuppgifterna på nytt.

"Anders flyttade till Jönköping två år efter deras anställning hos E-Management. Roger och Mårten bodde kvar några år men sedan flyttade först Mårten och sedan Roger till Göteborgsområdet. Inga gemensamma arbetsgivare sedan dess."

"Spännande. Det verkar nästan som om de splittrats. Kan det finnas en anledning till det, mån tro?"

Jörgen sammanfattade allt de kommit fram till i en tidslinje och det blev om möjligt mer tydligt att gänget, om de nu varit ett gäng, splittrats och gått skilda vägar i arbetslivet.

Evas telefon ringde och hon skyndade sig att svara.

"Hej, det här är Christina Hedlund, du hade sökt mig."

"Jo, jag heter Eva Lind och är kriminalkommissarie vid Göteborgspolisen och har några frågor."

"Vad gäller det?"

"Vi vill gärna prata med dig om företaget E-Management som du tidigare arbetat på."

"Jaha, det var länge sedan" sa hon reserverat och tystnade sedan innan hon tog till orda igen. "Men samtidigt är jag inte förvånad. Men jag vill inte ta det över telefon. Jag var med om en trafikolycka för några år sedan och har problem med min rörlighet och hörsel. Min hörsel är kraftigt nedsatt och jag har mycket svårt att föra ett bra samtal över telefon. Dessutom finns det mycket att berätta om. Kan ni komma till mig?"

"Du bor i Strängnäs har jag förstått. Är du hemma imorgon så kommer jag och min kollega Jörgen upp till dig. Går det bra?"

"Ja ni är välkomna även om ämnet inte är det roligaste. Mer om det imorgon."

37

Strängnäs
Onsdag

Tåget var på väg in till Strängnäs station. Eva var övertygad, nu var de på väg mot ett genombrott. Samtalet med Christina igår hade varit riktigt lovande. Ett aber var att de tvingades till en krånglig resa, men hon förstod att det var nödvändigt.

Bror skulle också ut och resa. Han hade lånat sin mammas bil och skulle åka på en liten turné till Växjö, Nässjö och Jönköping. De var tre olika företag som skulle kunna leverera det nya kundsupportsystem som han skulle handla upp. På förmiddagen skulle han vara i Växjö, på eftermiddagen i Nässjö. Sedan skulle han sova över hos Erik och Myran för ett sista möte med ett företag i Jönköping på torsdag förmiddag.

Eva och Jörgen hade bokat in en tågresa som efter byte i Katrineholm och Eskilstuna skulle ankomma till Strängnäs tjugo minuter över tio på förmiddagen. De hade tvingats upp tidigt då tåget avgick redan halv sju på morgonen. Som vanligt hade X2000 tåget varit nästan fullbokat. De hade ingen möjlighet att diskutera sitt jobb utan att någon skulle kunna lyssna på deras samtal. Å andra sidan var de bägge trötta och hade inget emot att kunna vila under första etappen av resan. När de bytte till lokaltåg i Katrineholm fanns det gott om plats och de hittade en avskild vrå där de vågade prata jobb utan att riskera att bli överhörda.

"Vi får ett genombrott idag. Det känner jag i hela kroppen.

Hur känner du?" sa Eva förväntansfullt.

"Det kommer att bli spännande. Framför allt med tanke på hennes avskedsord i telefon igår. Om det blir ett genombrott eller inte, det återstår att se."

Christinas lägenhet låg endast en dryg kilometer ifrån järnvägsstationen. Det skulle bli en lagom promenad. Det var alltid skönt att få sträcka på benen efter nästan fyra timmar på tåget.

De kom fram till ett hyreshus som var relativt nybyggt. Tre våningar där några av lägenheterna måste ha en härlig utsikt ner mot Mälaren.

Väl framme ringde de på porttelefonen och blev genast insläppta. Hennes lägenhet låg längst upp och låg vänd ner mot sjön.

Uppe på våning tre möttes de av en stilig kvinna. Aningen rundnätt men med mörkt vackert hår och fina drag. Hon stötte sig på en krycka och hade uppenbart svårt att gå.

"Välkomna till Strängnäs. Det är jag som är Christina. Jag har dukat upp kaffe och några smörgåsar. Ni har suttit på tåget i många timmar och behöver energipåfyllning." sa hon och visade in Eva och Jörgen i lägenheten. Lägenheten var stor och ljus, möblerad med ljusa nordiska möbler. Till vardagsrummet fanns en inglasad balkong med en härlig vy ner mot Mälaren.

"Det tackar vi inte nej till. Vilken vacker lägenhet" sa Eva.

"Tack, vi trivs bra här. Min man har stämt träff med några vänner så vi har lägenheten helt för oss själva."

"Vi förstår att du är nyfiken på varför vi är här. Jag undrar om du skulle kunna börja med att berätta om E-Management så ska vi komma till vårt ärende senare."

De fyllde på med kaffe och tog för sig av smörgåsarna som serverades. Christina började berätta.

"Jag har under hela mitt arbetsliv arbetat som konsult, ofta med organisationsfrågor. Jag var anställd hos E-Management från åttioett till nittioett. Företaget hade sitt huvudkontor i Stockholm men hade personal på många olika orter i Sverige. De flesta uppdrag gällde uppbyggnad av nya organisationsstrukturer där företagen ville få extern hjälp. I mitten av åttiotalet kom en ny typ av uppdrag in. Det var företag som ville rensa ut obekväma anställda. Det kunde vara allt ifrån personal som misskött sig men även företag som ville göra sig av med personer som var besvärliga för ledningen. Jag protesterade flera gånger till ägarna. Jag menade att det här var uppdrag som vi inte skulle engagera oss i. Men jag fick inget gehör för mina åsikter. De var mycket lönsamma och inom företaget bildades en grupp om fyra personer som kom att arbeta nästan uteslutande med den här typen av beställningar. Gruppen leddes av en tjej som var fullständigt hänsynslös och helt utan empati. Egenskaper som förmodligen var nödvändig för framgången. Till sin hjälp hade hon tre killar i samma ålder. De gav sig själva namnet Inkvisitionen. En Inkvisition som hjälpte företag att bli av med personer med fel attityd eller åsikt. Bara att själva ta det namnet var otäckt, tycker ni inte det?"

Christina var tvungen att pausa sin berättelse och fyllde på kaffe. Det var uppenbart att hon tog illa vid sig av att berätta.

"Vilka personer ingick i gruppen?" undrade Jörgen.

"Ledaren hette Ellen Bark, Killarna var Anders Frisk, Roger Malm och Mårten Karlsson. Ellen var, ursäkta att jag säger det, en otäck människa. Anders var lite av hennes biträdande medan Roger och Mårten bara hängde med. Precis som i skolan. En eller två mobbare och sedan ett gäng som fanns med som en svans. Ellen och Anders var mobbarna och Roger och Mårten var svansen."

"Vi känner till Anders, Roger och Mårten men hade inte koll på Ellen. Men fortsätt din berättelse."

"Jag upplevde att vi som företag började få allt sämre rykte på grund av *Inkvisitionen*. När jag tog upp det med vår grundare och ägare viftade han bort det. Han höll egentligen med men mig anade jag, men han kunde inte säga nej till de stora pengar som gruppen drog in."

"Men det hände något anar jag, eller?"

"Vi fick ett uppdrag på ett företag i Örebro, Transton. Vi skulle organisera om deras logistikfunktion vilket jag fick ansvar för. Sedan kopplades *Inkvisitionen* in då en ny avdelningschef ville bli av med en man och en kvinna. De hade arbetat i många år på företaget och gjorde vad jag hörde ett bra jobb. Avdelningschefen ville bli av med bägge två. Förmodligen kände han sig hotad. Facket kopplades in och vägrade gå med på uppsägning. För att lösa problemet förfalskade Ellen och hennes gäng några brev som pekade ut dem som industrispioner. Breven visade att de sålt företagshemligheter till en konkurrent. Facket synade inte bluffen och de fick sparken."

"Men det låter helt otroligt. Hur var det möjligt?"

"Ellens gäng och företaget visade upp en enad front. Man spred dessutom ut ett rykte i branschen som smutskastade de bägge. Fackrepresentanten var en ung tjej som inte orkade försvara de två, trots att de sa att de var oskyldiga, utan gav med sig" berättade Christina och de märkte att hennes röst inte bar.

"Ursäkta men jag blir så illa berörd. Kan vi ta en paus så fortsätter jag sedan" sa Christina och gick iväg för att samla sig. Både Eva och Jörgen insåg att historien inte var klar utan att mer skulle komma. Christina kom tillbaka och fortsatte.

"Sedan tog det en ännu otäckare vändning. De bägge avskedande var ett par. De lämnade bort sin dotter till en väninna och tog sedan livet av sig genom att låta bilen gå i garaget" berättar Christina och snyftar till på nytt.

"Så hemskt" sa Eva och hennes ögon tårades.

"När det här blev känt på företaget tog några kollegor tag i ryktet om industrispionage och lyckades bevisa att det var ett påhitt bara för att bli av med de bägge. Polisen kopplades in och alla fyra blev åtalade. Ellen fälldes och fick fängelse medan killarna fick villkorlig dom eller blev frikända. Åtalet och domen blev spiken i kistan för E-Management. De flesta konsulter lämnade och gick till andra företag. Ägarna försökte driva företaget vidare ett tag men var sedan tvungna att lägga ner verksamheten."

Det uppstod en besvärande tystnad. Historien var ohygglig. En hänsynslös konsult fabricerade bevis vilket ledde till två människors död.

"Nu har jag berättat klart. Nu får ni berätta om varför ni är här."

Eva berättade om de försvunna konsulterna som var identiska med Anders, Roger och Mårten. Hon antydde vagt att de blivit hotade. Ett hot som de av olika anledningar förstod låg långt bak i tiden. Kanske kopplat till den händelse som Christina berättat om.

"Men det var länge sedan. Varför just nu?" frågade Christina.

"Det undrar vi med. Tror du att Ellen kan ha med detta att göra?"

"Vad jag vet arbetade aldrig Anders, Roger och Mårten på samma företag efter det här. Anders flyttade till Jönköping och Roger och Mårten gick bägge till olika företag i Örebroområdet. Ellen Bark har jag aldrig hört talas om efter händelsen. Varför skulle hon ge sig på sina gamla kollegor, det verkar inte rimligt" säger Christina.

"Finns det något annat uppdrag som de utförde som kan skapat det här hatet mot konsulterna."

"Nej inte vad jag kan komma på. Den enda person som skulle kunna hysa agg är dottern som förlorade sina föräldrar. Jag kommer fortfarande ihåg henne när hon satt på rättegången mot de fyra. Blicken var kall och tom, riktigt kusligt. Men hon var bara femton år. Nej, det verkar inte rimligt."

De tackade och reste sig upp för att gå. Jörgen kom på en sak och vände sig om.

"Minns du datum för rättegången?"

"Ja för det var dagen före min födelsedag, den sjunde februari 1991.

38

Polishuset
Torsdag förmiddag

Trots att de var klara med mötet hos Christina redan vid lunch kom de inte hem till Göteborg förrän väldigt sent. Ett problem på järnvägen gjorde att man blev stående still, vid Hallsberg, i flera timmar. Tåget var fullt så de kunde heller inte prata jobb utan att någon hörde.

De hade skilts åt vid stationen och bestämt sig för att träffas tidigt på torsdag morgon.

Kontoret var nästan tomt. Så här tidigt hade de aldrig varit på arbetsplatsen tidigare. Mötet uppe i Strängnäs hade gett en hel del uppslag. Datum för rättegången vilket skulle möjliggöra att man kunde hitta domstolsprotokollen. Namnet på Ellen. Myrans kollega hade vagt trott på Gran eller Gren. Visserligen var kopplingen till ett träd korrekt men det rätta namnet var Bark. Dessutom borde de kolla upp dottern som blev lämnad kvar när föräldrarna tog sitt eget liv. Hennes namn skulle framgå av domstolsförhandlingen. Hon borde rimligen vara målsägande.

Jörgen skulle följa upp åtalet och Eva denna Ellen Bark. De skulle gå igång direkt. Eva kände precis som igår att de nu var på väg mot ett genombrott. Så hade hon känt redan igår och känslan var ännu starkare idag. Nu höll Jörgen med henne.

Eva sökte på Ellen Bark men hittade ingen som stämde i ålder. Ellen borde vara närmare sextio år gammal. Nästa sökning krävde tillgång till ett speciellt register. Här skulle hon kunna hitta Ellen Bark även om hon bytt efternamn, till exempel via giftermål.

Här fick hon en träff, Ellen Berit Bark. Eva regerade på hennes mellannamn Berit. Kunde det vara Brors kollega som bytt förnamn. Hon hade hon tagit sig namnet Asklund, 1992, vilket varit hennes mammas efternamn. Eva ringde genast upp Bror men kom till hans telefonsvarare. Han hade alltid bara nämnt hennes förnamn. Hon måste få tag i honom för att kontrollera om hon hette Asklund eller inte. Dock så var det troligen så, men de måste få det bekräftat.

Hon gick bort till Jörgen för att berätta om det hon hittat och för att höra om han hittat domstolsförhandlingen.

"Den här Ellen, kallar sig troligen Berit Asklund idag. Med andra ord troligen Brors kollega som slutade på Haverborgs. Jag väntar på att han ska ringa tillbaka och bekräfta vad hon hette. När han pratat med mig har han bara sagt Berit. Men det känns så. Har du hittat något?"

"Är det inte märkligt hur du och din pojkvän hela tiden blir inblandade i samma polisärende. Ska han hamna i trubbel den här gången också blir det nästan otäckt osannolikt."

"Jo men han har lovat hålla sig ifrån problem, hoppas han håller det löftet. Har du hittat något?"

"Jag har domstolsförhandlingen här. Ellen Bark blev dömd till tre månaders fängelse för sitt förfalskade bevis. Killarna blev frikända vilket man kan tycka är märkligt men hon var tydligen drivande och alla tre grabbarna vände sig mot henne under rättegången. Är det denna Ellen som ligger bakom deras försvinnande?"

"Intressant, så skulle det kunna vara. Men varför nu efter så många år. Det är något annat. Hittade du namnet på tjejen som förlorande sina föräldrar?"

"Hon hette Johanna Karlsson. Hon adopterades av en Leif och Margot Fredén och tog deras efternamn. De var tydligen nära vänner med hennes döda föräldrar."

"Nu ringer det en liten klocka till. Bror berättade om en kvinna som blev sjukskriven i samband med deras förhandling om omorganisation på Haverborgs. Undrar om hon inte hette Johanna?"

"Skulle inte Bror ringa tillbaka?"

"Jo men han satt i ett viktigt möte och kan inte komma ifrån innan det mötet är slut. Han är i Jönköping men skulle åka hemåt senare idag. Han ringer senast vid lunch. Vi får nog stilla vänta. Vi kan försöka få tag på Johannas fosterföräldrar. Det kan vara intressant."

Jörgen ringde upp, lämnade ett meddelande och bad att de skulle ringa billbaka. Åter fastnade de i ett vänteläge.

De bestämde sig för att följa upp Ellen Barks och Johanna Fredéns folkbokföringsadresser efter åtalet. Det visade sig att Ellen flyttat runt en hel del. Först några år i Stockholm, sedan Norrköping och sedan ett halvår tillbaka Göteborg. Vilket kunde stämma bra med Brors mystiska kollega. Johanna hade blivit kvar i Örebro fram till för tre år sedan då hon flyttat ner till Göteborg. Bägge var ensamt skrivna på sina adresser, det fanns inga sambos.

När klockan nästan var framme vid lunch ringde telefonen.

"Hej det här är Leif Fredén, ni hade sökt mig."

"Hej, jag heter Eva Lind och är kriminalkommissarie i Göteborg. Jag sitter här med Jörgen Edvardsson som är kriminalassistent. Vi har några frågor om Johanna Fredén. Går det bra?"

Leif berättade om en femtonårig flicka som var svårt traumatiserad efter självmordet som hennes båda föräldrar begick. De hade försökt få henne att inte sitta med på rättegången men hon hade stått på sig. När domen fastställdes kunde hon inte förstå att hennes föräldrars liv bara resulterade i tre månader för den ledande konsulten och ännu värre att de övriga tre blev helt frikända. Hon hade varit svårt deprimerad under många år men hade trots det klarat av sina studier och börjat arbeta på ett företag som hette Haverborgs, på deras kontor i Örebro. Hon hade sakta, mycket sakta fått livslusten tillbaka. Hon levde i många år helt ensam men hade för cirka fem år sedan träffat en kille på arbetet, en Johan Almqvist. För tre år sedan hade hon flyttat ner till Göteborg och börjat arbeta på huvudkontoret. Men de flyttade aldrig ihop utan bodde var för sig. Varför visste han inte riktigt. Eva kunde höra en underton av något när Leif berättade det.

"Har depressionen gått över. Hur mår hon nu?"

"Hon har mått ganska bra men fick en panikångestattack för några veckor sedan och är helt traumatiserad på nytt. Hon har flyttat hem till oss men vi får nästan ingen kontakt med henne. Hon minns inte vad som orsakade attacken och nu mår hon som jag sa jättedåligt igen."

"Ursäkta att jag frågar, det lät som om du inte berättade allt när du sa att hon och Johan inte hade flyttat ihop. Om det stämmer, berätta varför?"

"Ni talade inte om varför ni är intresserade av Johanna. Ni kanske ska göra det innan jag säger för mycket."

Eva berättade att de hade tre försvinnanden av konsulter som de arbetat med. De hade fått reda på att de var de tre killarna som var med i åtalet relaterat till hennes föräldrar.

"Men ni kan ändå inte tro att hon har med det att göra. Hon är inte kapabel till något sådant. Varken före hennes senaste attack men speciellt inte efter den."

"Det gör vi inte heller, men på något sätt tror vi att det här hänger ihop med åtalet mot konsulterna. Tillbaka till min fråga. Vad var det som du inte berättade när du sa att de inte flyttat ihop. Berätta även om du inte tycker att det är viktigt."

"Den här Johan som hon träffat är en bra kille. Vi gillar honom och hade en förhoppning om att de skulle bli ett par och kanske bilda familj. Johanna är till åren men helt uteslutet är det inte. Men samtidigt fanns det en mörk sida hos honom. Han blev som besatt av det som hänt hennes föräldrar och kunde aldrig släppa det. Han tyckte inte att konsulterna fått ett tillräckligt straff för det som de gjort. Dessutom sa hon en gång när jag frågade att han inte tillät henne att glömma. Jag misstänker att besattheten skrämde Johanna och det var därför som hon inte vågade flytta ihop med honom. Men jag bara gissar."

"Intressant, tack så mycket. Kommer ni på något mer så hör

203

gärna av er" sa Eva och avslutade samtalet.

"Vad tror du, har vi en ny misstänkt? Kan det vara denna Johan som är ute på en hämndaktion?"

"Kanske, att hon ska ha gjort det är osannolikt. Men kanske tillsammans med den här Johan, vi måste definitivt kolla upp honom" svarade Jörgen.

När de var på väg ut till lunch ringde Bror. Eva gick ifrån för att kunna prata ostört med honom. Hon insåg att Jörgen misstänkte att hon berättade mer än hon borde om utredningen men hon ville inte sätta honom i en situation att han visste att hon gjorde det.

Bror bekräftade Berits och Johannas efternamn. Däremot trodde han inte att Johan var inblandad. Han hade upplevt honom som positiv och hjälpsam. Eva tänkte att det kunde stämma på en beräknande psykopatisk person men det ville hon inte yppa för Bror utan bad honom köra försiktigt på vägen hem.

39

Jönköping
Torsdag förmiddag

Onsdagen hade varit bra. Bror hade besökt två företag med intressanta lösningar för kundsupportsystem för Haverborgs. Han hade lånat sin mammas bil och kört ner till Växjö tidigt på morgonen och träffat företag nummer ett på hans turné. Avslutat med lunch och därefter kört vidare till Nässjö för besök hos företag nummer två. Sedan vidare in till Jönköping. Han skulle hämta upp Myran på hennes arbetsplats och sedan skulle de gå ut och äta. Erik var bortrest, det skulle bli trevligt att umgås med systern på tu man hand.

Han hade parkerat direkt utanför hennes arbetsplats och åkt upp i hissen till Unionen. Hon hade mött upp honom med en stor kram i entrén. En äldre kvinna kom fram och presenterade sig.

"Hej jag heter Gunvor och är Myris kollega. Trevligt att träffas" sa hon med ett varmt välkomnande leende.

"Hej, jag heter Bror, Myri, eller Myran som vi kallar henne, har nämnt dig flera gånger. Roligt att träffas."

"Det var du som arbetade som konsult på Haverborgs. En av killarna som fick gå från ett företag vi arbetat med berättade att hans kusin gett dig massor med beröm för hur du visat personalen den allra största respekt."

"Tack, det känns väldigt roligt att höra. Myran har redan berättat, men beröm kan man aldrig upprepa tillräckligt många gånger. Hette han Marcus? Jag träffade honom tillsammans med en av killarna på Haverborgs ute på parkeringen där de visade upp en gammal bil som de renoverat."

"Ja det stämmer, Marcus Almqvist. Han berättade att hans stora intresse var gamla bilar. Han hade ett projekt på gång med sin kusin vet jag. Det var nog det resultatet som de visade upp."

"Den var jättefin, själv kan jag ingenting om bilar. Jag vill bara att de ska fungera" sa Bror och skrattade. "Dessutom krävs det lokaler och verktyg för att jobba med renovering av bilar. Det är det inte alla som har tillgång till, även om de är intresserade."

"Marcus förfogade över en verkstad. Det gick nästan inte få tyst på honom när han stolt berättade om den och alla bilar de renoverat. Jag gillade Marcus, hoppas det går bra för honom framöver."

De tittade in på Myrans kontor och gick sedan vidare ut till bilen och åkte hem till Erik och Myrans lägenhet. Därefter gick de ner till Tändsticksområdet. De gick västerut genom de gamla industrilokalerna och tittade in på olika restauranger. Det var som en tidskapsel. Det här hade en gång i tiden varit en intensiv och vibrerade verksamhet. Nu hade reklambyråer, mindre kontor och restauranger flyttat in i lokalerna. De fastnade sedan för Pescadores, som serverade fisk och skaldjur.

De hade valt var sin Skagentoast som förrätt. Myran hade valt Fish & Chips och Bror en fisksoppa.

"Du verkar bekymrad" sa Bror när de satt och väntade på maten.

"Nej det är ingenting. Det är bara så att jag saknar er, mamma och pappa och kamratgänget. Så är det bara. Samtidigt vet jag att vi inte sågs så ofta men bara vetskapen om att ni fanns där nära intill och att det nu är lite längre bort känner jag av."

"Jag förstår. Själv har jag ju alltid bott i Göteborg, jag ska egentligen inte uttala mig. Det kommer att lösa sig. Gör det inte det kan du alltid flytta tillbaka."

Maten serverades och var en upplevelse. Bror åt gärna fisk när han var ute på restaurang då han själv var dålig på att laga till fisk och skaldjur hemma. Bror berättade om Jovanas nya bebis och de skvallrade om andra bekanta i Göteborg. Därefter vandrade de hem för att gå ner maten. Det var en trevlig avrundning på dagen.

Han hade fått ett sms från Eva som berättat att de blivit rejält försenade på tåget hem och inte skulle vara hemma förrän sent, de kom överens om att höras av nästa dag.

På morgonen skulle Bror besöka det företag som han själv trodde mest på, avseende nytt datasystem på Haverborgs. Han skjutsade Myran till stan då regnet piskade ner och åkte sedan vidare mot Rosenlund, ett industriområde strax öster om centrum, där hans inplanerade besök låg.

Under besöket kom ett sms från Eva som verkade angeläget men han kunde inte avbryta mitt i presentationen, det fick vänta tills mötet var klart.

Strax före lunch satte han sig i bilen och ringde upp Eva. Hon berättade om sitt besök uppe i Strängnäs och fick sedan Berits och Johannas efternamn bekräftade. Hon berättade om sin misstanke att Johan Almqvist eventuellt var inblandad. Han hade protesterat och sagt att det trodde han inte. De avslutade samtalet och skulle prata mer när de sågs hemma.

När Bror satte sig i bilen kunde han inte låta bli att tänka på Evas misstanke mot Johan. Kanske låg det något i det. Han hade varit ledig de senaste dagarna. Dessutom var hans intresse av Berit märkligt, var det kanske så att han letade efter henne på grund av något hämndmotiv. Samtidigt slog det honom att Johannas panikattack hade kommit samtidigt som Berit och Sandra kom till företaget första gången. Var det som han sagt att hon reagerat på att hon kände igen Berit. Enligt Eva hade hon som femtonåring suttit med på rättegången. Att Johanna skulle hämnas efter alla år verkade osannolikt, men Johan kanske skulle kunna göra det. Om han nu kidnappat konsulterna var fanns de nu? En tanke slog honom. Hade inte Gunvor berättat att de renoverade bilar i en gammal verkstad. En sådan skulle kunna vara en lämplig plats. Han ringde tillbaka till Eva och berättade om sin misstanke kring Johan och Marcus verkstad. Men de visste inte var den låg. Eva höll med och lovade undersöka

207

vidare.

Vid Bottnaryd svängde han in vid CircleK och tankade samt köpte kaffe och kanelbulle. När han skulle svänga ut på riksväg 40 mot Göteborg kom en röd gammal sportbil åkandes mot Göteborg. Var det inte en sådan bil som Johan visat upp på parkeringen utanför Haverborgs. För varje kilometer de körde desto mer säker blev Bror. Det där var Johans bil. Vad var sannolikheten att det fanns två sådana veteranbilar ute på gatorna här i trakten. Kusinen kom från Jönköping hade han fått berättat igår.

När den röda bilen svängde söderut vid Strängsered bestämde han sig för att följa efter. Visserligen hade han lovat att inte ge sig in i något nytt äventyr, som han hade gjort några gånger tidigare. Men att bara följa efter för att kontrollera vart de åkte kunde inte vara något problem.

Han bestämde sig för att hålla ett rejält avstånd. Hans mammas bil var också speciell och skulle vara lätt att känna igen. Han ville inte att de skulle misstänka att de var förföljda.

När de åkt några kilometer var den röda bilen försvunnen när han kom runt en krök i vägen. De måste med andra ord svängt av någonstans utan att han såg vart. Han vände om och åkte tillbaka och studerade noga varje avtagsväg in till vänster och höger. Han noterade tre möjliga avtagsvägar när han kom fram till en korsning där han kom ihåg att han haft ögonkontakt med den röda bilen, när han kört i motsatt riktning. Vad skulle han göra nu?

Skulle han ringa Eva och berätta? Nej hon skulle bara bli sur på hans privatsnokande. Han skulle undersöka de tre avtagsvägarna, nyfikenheten var alltför stor. Det kunde vara riskabelt att åka in på vägarna, om han plötsligt kom fram till ett hus skulle du kunna upptäcka honom. Han skulle parkera ute vid stora vägen och gå in för att undersöka.

Den första ledde fram till en bondgård några hundra meter in i skogen. Men ingen röd liten bil. Nästa väg slingrade sig långt in i skogen och öppnade sedan upp sig mot en grusgrop. Men inte heller här fanns någon röd bil och det fanns inga vägar vidare ut från gropen. En bit in på den tredje avtagsvägen såg han en relativt stor byggnad i korrugerad plåt. Utanför den stod en röd veteranbil.

40

Polishuset
Torsdag eftermiddag

Eva och Jörgen tog en snabb lunch och var sedan tillbaka på kontoret. De kände bägge två att de var på väg att lösa den här historien. Brors samtal om Johans kusin som hade en bilverkstad blev, ju mer Eva tänkte på den, alltmer intressant. Fortfarande visste man inte vad de tänkte göra med sina kidnappade konsulter. Om de nu var kidnappade? Om de nu fortfarande var i livet?

"Har vi helt uteslutit att *Ellen-Berit* kan ligga bakom de tre försvunna männen?" undrade Jörgen.

"Nej inte helt men varför skulle hon göra det nu? Det är det som jag inte begriper. Men att Johan som varit, om man ska tro Johannas styvfar, fixerad vid hennes föräldrars självmord skulle gå över gränsen när Johanna på nytt blir sjuk låter inte omöjlig. Låt oss se vad vi kan hitta om de bägge kusinerna."

Eva skulle ringa runt och prata med bekanta till Johan och Marcus medan Jörgen skulle leta efter fastigheter som de förfogade över.

Johan hade inga föräldrar kvar i livet men en syster boende i Stockholm. Systern bekräftade det som Johannas pappa sagt. Att brodern med åren blivit sjukligt fixerad vid Johannas föräldrars självmord och det närmast obetydliga straff, konsulterna fått. Men hon trodde inte att han skulle kunna omsätta sin besatthet i aggression på något sätt. Hon bekräftade att han var nära vän

210

med Marcus Almqvist, deras kusin. Själv hade hon mycket lite kontakt med sig brodern och kusinen. De hade växt ifrån varandra. Hon berättade att Marcus alltid sett upp till sin äldre kusin och gärna följt med på alla hans upptåg som ung. Marcus var skriven på en adress i Jönköping. Eva fick inget svar när hon ringde på de telefonnummer som fanns angivna. Hans pappa hade gått bort för några år sedan och mamman var inlagd på ett hem för dementa. När Eva pratade med personalen på hemmet insåg hon att prata med henne inte skulle ge något. Marcus hade en farbror som bodde i närheten av Jönköping. Eva ringde men fick inget svar. Lämnade ett meddelande och gick för att kontrollera vad Jörgen fått fram.

Jörgen hade inte heller kommit någon vart. Johan ägde en bostadsrätt i Göteborg och Marcus bodde i en hyreslägenhet i Jönköping. Inga andra fastigheter fanns i deras ägo.

"Vad gör vi nu?" undrade Jörgen.

"Det enda spåret vi har är till farbrodern utanför Jönköping. Vi ser om vi kan hitta något kring honom."

Farbrodern hade varit en småföretagare med en massa ägarintressen i mindre företag runt om Jönköpingstrakten. När de kollade upp företagen på nätet var de flesta mer eller mindre vilande. Några få var fortfarande aktiva och hade en blygsam omsättning. Farbrodern själv var sedan några år pensionär. Företagen var alla inom metallbearbetning. Minst två eller tre av de företag de hittade ägde lokaler som kanske skulle fungera för renovering av gamla bilar.

"Eller förvaring av kidnappade konsulter" sa Eva och Jörgen nästan i mun på varandra.

"Nu är det jag och min magkänsla igen. Jag känner på mig att det är bråttom. Vi åker och undersöker lokalerna nu med en gång. Vad tycker du?" sa Eva.

"Ska vi inte vänta in att farbrodern ringer tillbaka? Varför skulle det vara bråttom?"

"Bara för att min intuition säger det, inget annat. Men vem vet en dag har den kanske rätt."

"Då kör vi på det, jag prickar ut företagen på kartan. Bokar

211

du en bil som vi kan använda så åker vi" sa Jörgen.

Femton minuter senare satt de i en omålad polisbil på väg österut mot Jönköping. Företagen som de prickat in som mest intressanta låg strax utanför Hacklarsbo, Sevdabo och Tubbebo. Ytterligare två eventuellt intressanta låg utanför Hösabo och Köttkulla.

"Vilka märkliga ortsnamn, de låter som en saga skriven av Astrid Lindgren alltihopa. Vilka ska vi börja med?" undrade Jörgen.

"Jag håller med, men hur poetiskt är det att bo i Köttkulla? Vi börjar med de som vi tycker var mest intressanta. Hittar vi inget där tar vi Hösabo och Köttkulla på väg hem."

Jörgen körde på bra och efter en timme kom de fram till Hacklarsbo. Efter en stunds letande i byn hittade de en gammal industrilokal som såg ut att stå helt oanvänd. Vissa rutor var trasiga och lagade med masonit. Det låg en massa skräp utanför men i övrigt vittnade det bara om en svunnen tid.

"Lite tragiskt kan jag tycka. Här var det säkert fullt med verksamhet förr. Ett antal människor hade sina arbeten här och bodde kanske i byn härintill. Som det ser ut nu är det här bara ett rivningsobjekt" sa Eva och skakade på huvudet.

En äldre man gick förbi och rastade en hund.

"Varför är ni intresserade av det här rucklet? Här har ingen varit på många år. Skam att det ska stå och förfalla tycker jag."

"Vi letar efter en person men du har inte sett någon här på länge säger du?"

"Nej inte på de senaste tio åren. Ni får leta vidare någon annanstans" sa han och gick vidare med sin hund.

Samma visa när de kom till Sevdabo. En uttjänt lokal som stod i förfall. Här fanns ingen att prata med men lokalen gav alla svar de ville ha.

Däremot såg det annorlunda ut i Tubbebo. Även här var lokalen gammal och sliten men såg ut att vara i bruk. Men just nu var ingen där. Ett stort garage i ena änden av lokalen skulle fungera för renovering av gamla bilar. De klev ut för att knacka dörr hos grannarna för att få reda på mer.

Mycket riktigt användes lokalen. Det var en äldre man och hans son utnyttjade den. Men inte mer än någon enstaka dag i veckan. Vad grannarna förstod var det någon unik maskin som användes då och då. Någon veteranbil hade de inte sett till. Garaget var inte i bruk utan nyttjas som ett stort skrotförråd, sa de. Eva och Jörgen gick tillbaka och kikade in i garaget vilket mycket riktigt var fyllt med allsköns bråte. Här hade man inte renoverat bilar det var i alla fall säkert. Dessutom låg lokalen alldeles för nära de andra bostadshusen för att man skulle kunna hantera kidnappade konsulter. Bom igen med andra ord.

"Spännande med alla dessa övergivna industrilokaler. En gång i tiden var de nybyggda med människor som trodde på framtiden och slet och arbetade för att förverkliga sina drömmar. Sedan har det inte gått som man önskat, eller man har flyttat och byggt större någon annanstans. Därefter har byggnaderna lämnats att slitas ner och förfalla. Tragiskt kan jag tycka" konstaterade Eva.

"Dessutom blir dessa ruckel kvar och lämnar ett fult ärr i bygden. Borde det inte finnas ett krav på fastighetsägare att hålla efter eller riva sina fastigheter?" frågade Jörgen.

"Så kan man kanske tycka men samhället kan inte tvinga en fastighetsägare att ta hand om sin fastighet. Minns du inte artikeln i Göteborgsposten om huset på Sankt Sigfridsgatan, i den fina stadsdelen Örgryte, som var helt nedgånget. Huset skulle varit värt drygt tio miljoner om det underhållits. Nu var det förmodligen omöjligt att rädda. Grannarna var nog förtvivlade, för husets förfall påverkade förmodligen värdet på deras egna hus."

"Ja jag kommer ihåg det. Vi åkte faktiskt förbi och tittade på huset. Det påminde lite grann om de lokaler som vi tittat på idag. Ska vi titta på de två sista också?"

"Jepp, nu kör vi. Min magkänsla hade nog fel idag. Det var kanske en bomåkning hela den här resan."

"Säg inte så. Kommer du ihåg när vi letade efter din älskade Bror och den där företagsledaren på Medella för några år sedan. Det här känns nästan som en kopia på det."

"Påminn mig inte. Det var på håret att vi lyckades rädda honom. Hade vi kommit en minut senare hade han inte klarat sig" sa Eva och ruskade obehaget ur huvudet.

De körde upp på riksväg 40 och vidare västerut innan de svängde ner söder ut mot Hösabo och Köttkulla.

41

Utanför Köttkulla
Torsdag eftermiddag

Vad skulle han göra nu? Det förnuftiga vore att ringa Eva givetvis, men det gick inte, telefonen hade ingen täckning. Ett annat förnuftigt alternativ vore att gå tillbaka till bilen, åka en bit bort så att han kunde ringa. Men nyfikenheten var alltför stor så han började, mot allt bättre vetande sakta smyga ner mot byggnaden. Han visste att han lovat att inte utsätta sig för fara men han kunde helt enkelt inte låta bli. Att bara gå ner och titta kunde inte vara farligt.

Byggnaden var ganska omfattande. Den hade en stor dubbelport på kortändan. En port som var bred och hög nog för en lastbil eller buss. En lägre del fanns på vänster sida om porten. Det verkade vara en kontorsdel med några få rum. I den delen fanns ytterligare en dörr. Byggnaden skulle utan tvekan passa bra för renovering av gamla bilar. Mest sannolikt användes den till det. Men kunde den gömma kidnappade konsulter? Kanske!

Porten stod delvis öppen och Bror skymtade två personer som stod och argumenterade livligt i porten. De var uppenbart inte helt överens. Han kunde inte höra vad de pratade om. Han anade sig känna igen Johan och Marcus. Marcus hade han bara sett som hastigast vid Haverborgs så han var inte säker.

Han gick längs skogskanten och kom ner till byggnaden på andra sidan av porten. Han kikade försiktigt fram runt knuten och kunde inte se någon. Rösterna från porten verkade ha upphört. Eventuellt hade de gått in och stängt om sig. Försiktigt kom han fram till kontorsdelens dörr. På sidan om dörren fanns ett mindre fönster och när han kikade in var lokalen tom men han såg att det lyste inifrån den stora verkstadsdelen. Han tryckte försiktigt ner dörrhandtaget och märkte till sin förvåning att dörren inte var låst. Försiktigt gick han in i lokalen och sedan vidare in ut mot verkstaden. Ett antal förrådshyllor med diverse maskindelar och kemikalier skymde sikten in mot den öppna delen av lokalen. Ett hasande släpande ljud hördes från lokalen.

"Djävlar, va tungt det här var?" hördes en röst och Bror stannade upp.

"Sjåpa dig inte. Dra nu fram alla fyra till podiet vi byggt så vi kan sätta igång" hördes en annan röst.

Fanns det ännu fler i lokalen än de två han hört. Var de fyra som nämndes konsulterna eller något annat? Han måste få en bättre vy in mot lokalen. Han klev in mellan två förrådshyllor och lyckades knuffa till en liten plåthink som gick i golvet.

"Vad var det där? Kan du gå och se efter och passa på och lås kontorsdörren när du ändå rör på dig." Bror kände igen samma röst som pratat om podiet. Verkade vara han som bestämde. Han visste fortfarande inte om det fanns ännu fler i lokalen. Han gömde sig bakom ett verktygsskåp och höll andan. En kille kom fram och upptäckte plåthinken. Tittade sig omkring och skakade sedan på huvudet.

"Det var bara en hink som ramlat ner från en hylla. Jag är strax tillbaka när jag låst dörren."

Bror insåg att den låsta dörren skulle ta bort hans flyktväg. Vad han mindes var det ett sjutillhållarlås, den skulle inte gå att öppna inifrån. Nu var han fast i byggnaden och enda vägen ut var portarna eller eventuellt genom ett fönster. Det fönster han sett var alltför små. Om han inte hittade ett annat var porten enda vägen ut.

Killen kom tillbaka från kontorsdelen och gick tätt intill Brors gömställe ut mot den stora lokalen. När kusten var klar steg han fram och hittade ett ställe där han kunde se in mot verkstadslokalen utan att röja sig.

På en mindre upphöjning satt fyra personer bakbundna med både munkavlar och bindlar för ögonen. Bakom dessa stod en gammal Volvo och ett antal plåtbearbetningsmaskiner. Strax innanför porten stod två personer med balaklavor för sina huvuden. Endast hål för ögon och mun var utklippta. Han såg inga fler personer än dessa två, och de fyra bakbundna.

Han kikade närmare på de fyra och trodde sig känna igen Berit och Mårten. Skulle de andra två vara Roger och Anders som Eva berättat om? Det han såg verkade helt absurt. Vad skulle hända nu?

En av killarna gick fram och tog av ögonbindlarna och munkavlarna. Nu fick han genast bekräftat att det var Berit som var en av de fyra.

"Va f-n håller ni på med. Även om ni har masker för ansiktet kommer ni inte undan. Jag ska minsann jaga upp er och se till att ni hamnar bakom lås och bom" skrek Berit. Hon har inte tappat stinget, trots att hon är fångad och bakbunden, tänkte Bror och log för sig själv.

"Håll tyst, om du inte håller tyst sätter vi på munkavlen igen. Hur ska du ha det?"

"Reta inte upp dem, snälla" sa den person som Bror misstänkte var Roger eller Anders.

Det uppstod en stunds tystnad och sedan steg den som Bror uppfattade som ledare fram igen.

"Hej, välkomna hit. Nu ska vi äntligen få ett avslut på det här. Vet ni varför ni är här?"

Alla skakade på huvudet och mumlade nej. Men Berit sa inget. Bror anade att hon gissade varför de var här. När han såg på de tre killarna igen anade han att även de visste.

"Jag ska berätta en historia så vi alla har samsyn till varför vi är här. I slutet av åttiotalet arbetade ni tillsammans på ett konsultföretag. Ni arbetade framför allt med personalrationalisering som det så fint heter. Vad jag förstår var ni lyckosamma och lyckades få bort obekväma personer på många olika företag. Obekväma för ledningen i de verksamheter som anlitade er. Ni var dessutom så uppfyllda av er egen

217

framgång att ni gav er själva namnet Inkvisitionen. Kommer ni ihåg?"

"Ja det gör jag med stolthet. Vi var väldigt duktiga på att kapa bort diverse dödkött i många organisationer. Vad har det med det här att göra?" sa Berit med agg i rösten. De övriga tre nickade mer skamset med sina huvuden.

"Idag är det vi som är Inkvisitionen och ni som är de åtalade. Bara för ordningens skull. Roger Malm kan du bekräfta att det är du?" sa han och pekade mot en av männen. På samma sätt upprepade han sedan Mårten och Anders namn.

"Sedan har vi er ledare den ryktbara Ellen Bark, eller Berit Asklund som du kallar dig idag. Man kan undra varför du bytt både förnamn och efternamn?"

"Det ska ni ge f-n i" fräste hon ur sig. Bror upplevde nästan en viss respekt för henne. Trots att hon var bakbunden och uppenbarligen i en besvärlig position var hon fortsatt kaxig och otrevlig. Det verkade vara ett genomgående personlighetsdrag hos henne, som hon troligen arbetat upp genom många år, tänkte Bror.

"Ert sista uppdrag tillsammans gick inte så bra. Ni förfalskade bevis för att bli av med två personer som sedan begick självmord. Det är brottet som ni står åtalade för idag" sa ledaren på nytt. Bror var nu ganska säker på att han kände igen Johans röst.

"Vi kan inte vara ansvariga för att de där två tog sitt eget liv? De hade säkert tagit det spåret ändå, de var nog svaga i psyket" sa Berit med öppet förakt.

"Enligt Svea rikes lag har du rätt Berit. Du dömdes till fängelse för förfalskningen av bevis. Men ni nöjde er inte med att förfalska bevis, ni spred ut ett rykte som försvårade för de två att få ett nytt jobb. Det dömdes ni inte för. Enligt vår syn på det här är det ställt utom alla tvivel att det ni gjorde vad grunden till självmorden. Hur ställer ni er till det?"

"Det var tråkigt men vi kunde inte veta" sa Mårten.

"Jag håller med, hur skulle vi veta?" sa Roger.

"Tråkigt men ett beslut om självmord är bara upp till den som begår det" sa Anders.

"Nej nu får ni sluta med de här dumheterna. Vi har inte gjort något fel, släpp oss nu och sluta upp med den här charaden" skrek Berit.

"Det hedrar er killar att ni känner en viss ånger vilket er kvinnliga kollega här inte alls gör. Men det stämmer ganska bra med den bild vi fått av er. Från början hade vi tänkt ta med den fackrepresentant som gick i era ledband den där gången för nästan trettio år sedan. Men vi vet att hon har varit djupt ångerfull av det som hände och aktivt motarbetat det som ni och era kollegor i konsultbranschen ägnar er åt. Så hon går fri" sa så Johan och tystande för att de skulle få reflektera av det han sagt.

"Vet ni hur de dog? De satte sig i sitt garage och lämnade bilmotorn på tills de dog av avgaserna. Det är lämpligt att ni ska drabbas av samma sak. Ser ni den gamla Volvon där. Vi tänker starta motorn och lämnar er här med den. Tycker inte ni att det är ett rättvist straff?"

"Snälla gör det inte, jag har fru och barn" sa Roger, Mårten och Anders bara hängde med sina huvuden.

"Spännande att du säger det. De två som tog sina egna liv, efterlämnade en tonårsdotter som berövades bägge sina föräldrar på grund av era handlingar. Visste ni det?"

"Jaja, ni har fått föra fram era sjuka åsikter. Nu får ni sluta upp. Släpp oss säger jag" skrek Berit.

"Jag hade hoppats att ni alla skulle vara ångerfulla och inse vad ni orsakat " sa Johan och skakade på huvudet. Gick fram till Volvon och startade motorn. Johan och Marcus stod kvar medan lokalen sakta fylldes med avgaser.

"Bara för er information. Bilen saknar katalysator så avgaserna är giftigare än vanligt" sa Johan och skrattade.

Bror kunde inte förstå det han såg. Skulle de verkligen gasa ihjäl de här fyra för något som hänt för så länge sedan. Det verkade inte bättre. Bror kunde känna att luften blev allt sämre. Själv var han en bit bort från bilen så han drabbades inte lika fort av avgaserna. Byggnaden var stor, det skulle ta ett tag innan det blev riktigt farligt. Vad skulle han göra? Han skulle inte kunna övermanna bägge två, de såg alldeles för vältränade ut och själv var han ingen slagskämpe. Hans bästa chans var att de skulle lämna lokalen så fick han se vad han kunde göra.

Han såg hur de fyra blev allt mer påverkade av avgaserna, de satt mycket närmare bilen. De två maskerade männen stod vid porten och hade tillgång till frisk luft och påverkades inte så mycket. Luften blev sakta allt sämre och även Bror som stod en bit ifrån bilen började nu känna av avgaserna.

"Nej, nu tycker jag det verkar bli för dålig luft härinne. Vi går ut" sa Johan och tog med Marcus mot porten. Kompisen argumenterade emot men det gick inte höra vad han sa. De lämnade lokalen och stängde porten. Bror hörde hur de la på en tvärslå för portarna från utsidan.

Så fort som porten stängdes sprang Bror fram från sitt gömställe. Alla fyra hade nu blivit medvetslösa och kunde inte hjälpa till. Han kom fram till bilen och stängde av motorn. Bad en bön att Johan och Marcus inte skulle förstå att motorn stängts av. Sedan sprang han ut till kontorsdelen och slog sönder de små fönsterrutorna på fönstret. Han andades själv in frisk luft innan han sprang tillbaka in i lokalen. Han kunde höra hur de två kidnapparna argumenterade utanför porten. Vad de bråkade om visste han inte men han vågade inte banka på porten. Risken fanns att de skulle öppna och övermanna honom. Han måste få de medvetslösa konsulterna bort från de värsta avgaserna. Luften inne i kontorsdelen var betydligt bättre jämfört med i närheten av bilen. Han lossade banden på Roger och släpade honom bort mot kontoret. Lutade upp honom mot väggen vid det sönderslagna fönstret. Sedan tog han på nytt ett antal djupa andetag av frisk luft innan han på nytt sprang in till de övriga tre. Han kände att han påverkades av avgaserna och visste inte om han skulle orka med att flytta alla fyra till kontoret. Om det nu hjälpte överhuvudtaget. Men han måste försöka, något annat alternativ fanns inte. Argumenten fortsatte utanför porten och blev allt hetsigare. Han lossade på repen kring Mårten och började släpa honom bort mot kontoret. Han fick allt svårare att andas, lämnade honom och sprang tillbaka till fönstret för några nya andetag av frisk luft. När han kom tillbaka hörde han hur en bil närmade sig. Rösterna utanför porten tystnade och han hörde springande steg bort från porten. Sedan startade en bil som körde bort från lokalen. Han böjde sig på nytt ner för att ta tag i Mårten. Han började släpa honom bort mot kontorsdelen. Det blev allt tyngre och plötsligt fanns inte orken kvar och han segnade ner med honom i sina armar.

42

Hösabo och Köttkulla
Torsdag eftermiddag

De hade två adresser kvar nu innan de skulle ge upp för dagen. Det hade varit svårt att hitta lokalen i Hösabo men hade efter några förfrågningar hittat rätt. Precis som de andra lokalerna var den en nedsliten industrilokal som verkade helt övergiven. Dessutom var den mycket liten och skulle inte kunnat fungera som en verkstad för renovering av veteranbilar eller förvaring av kidnappade konsulter. En adress kvar.

När de sedan kom i närheten av Köttkulla skrek Eva till.

"F-n, det där är ju Brors mammas bil. Vad gör den här? Backa tillbaka" sa hon till Jörgen som satt bakom ratten.

Ingen fanns i bilen. Den stod parkerade i närheten av tre avtagsvägar in i skogen.

"Vad har han nu hittat på. Han har lovat att låta bli. Är det här avtagsvägar ner till den sista adressen?" undrade Eva.

"Kartan är otydlig, den där kan vi utesluta sa Jörgen och pekade mot en av vägarna. Men det kan vara vilken som av de där två. Jag prövar den här först" sa han och körde in. Efter några hundra meter kom de fram till ett grustag och fick konstatera att de valt fel. De åkte snabbt tillbaka mot nästa avtag.

När de svängde runt den sista kröken i skogen såg de en sliten verkstadsbyggnad. Utan för stod två män och argumenterade och bredvid fanns en röd gammal sportbil. När de upptäckte Eva och Jörgen sprang de mot sin bil, kastade sig in och körde bort

222

på en väg bakom byggnaden.

"Släpp av mig, du följer efter bilen" sa Eva och kastade sig nästan ur bilen innan den stannat. Jörgen satte högsta fart efter den röda sportbilen.

Vägen ledde tillbaka upp mot den stora väg de kommit på. Jörgen kunde konstatera att den gamla veteranbilen inte riktigt hanterade den gropiga vägen på ett bra sätt. Polisens moderna och nyare bil klarade groparna och ojämnheterna mycket bättre och han närmade sig snabbt.

När de svängde ut på den stora vägen var han nästan ikapp. Han drog ner sidorutan och placerade det magnetiska blåljuset på taket. Nu hade han radiokontakt och kunde begära förstärkning både till sin biljakt och till verkstaden i skogen. Farten var otäckt hög på den smala vägen och i en tvär kurva gled den röda bilen av vägen och kanade in i mot ett träd. Innan han var framme vid bilen hade en av de två tagit sig ut och sprang haltande vidare över ängen. Jörgen kunde inte förfölja honom utan måste titta till den andra killen som satt kvar i bilen.

"Hur mår du?" frågade Jörgen och kikade in i mot passagerarsätet i den röda bilen.

"Jag har gjort illa benet, i övrigt mår jag bra. Det bara spårade ur borta vid verkstaden. Jag trodde inte att Johan skulle göra det på riktigt. Han skulle ju bara skrämmas" sa han och hulkade gråtande.

"Göra vad då?"

"Han startade bilen och stängde in kvinnan och gubbarna med avgaserna i verkstaden. Jag trodde han bara ville skrämmas och lära dem en läxa. Ni måste åka tillbaka och rädda de som är kvar i byggnaden. De kommer att dö, om ni inte gör något. Det finns nycklar till porten gömda under ett däck utanför kontorsentrén" sa han nästan vädjande.

Jörgen tog upp telefonen och försökte ringa Eva men fick bara reda på att hennes mobil inte gick att nå. Han kunde inte lämna den här killen i bilen och han hade även en rymling som han borde ta upp jakten på.

När han tittade upp hade en man med en hund kommit fram

till olycksplatsen.

"Jag är polis" sa Jörgen och viftade med sin legitimation. "Jag har ringt efter förstärkning. Kan du stanna hos den här killen fram till att de anländer. Jag måste åka vidare" sa han och sprang mot sin bil utan att vänta på svar. Mannen stod stumt kvar men verkade ha fattat vad han skulle göra.

Jörgen vände och körde i hög fart tillbaka mot verkstaden. När han kom fram träffade han Eva som förtvivlat försökt komma in i lokalen.

"F-n, jag kommer inte in. Porten är låst med ett hänglås och i kontorsentrén är ett sjutillhållarlås. Ett fönster är sönderslaget i kontorsdelen men allt för litet att ta sig in genom. Vi måste hitta en väg in. Det luktar avgaser ut genom porten " skrek hon nästan hysteriskt.

"Det ska finnas nycklar gömda under ett däck i närheten av entrén. Det ska finnas fyra personer inne i lokalen" sa Jörgen och kunde se hur Eva drog efter luft. Han förstod att hon var rädd att även Bror fanns därinne.

De sprang tillsammans runt och letade däck. Det fanns tyvärr många och det tog ett tag innan de hittade en reservnyckel till hänglåset fasttejpad i fälgen på ett av däcken.

De sprang vidare mot porten, låste upp hänglåset och lyfte bort låsbalken som stängde porten. Inne i lokalen hittade de en kvinna och en man som satt fastbundna på stolar på ett podium. Halvvägs mot kontoret låg två personer, Bror och en man till. De hjälptes åt att släpa ut personerna på gårdsplanen. De öppnade portarna för att vädra ut avgaserna och lokalen blev allt klarare. Jörgen sprang in och ropade att han hittat ytterligare en person inne i kontoret och tog ut honom till gårdsplanen. De sökte av lokalen på nytt men hittade inga fler.

Eva sprang ut och knäade vid Bror. Han andades svagt och var svårt medtagen.

"Varför ska du alltid ställa till dig för dig. Gud nåde dig om du inte klarar dig från det här, då slår jag ihjäl dig" viskade Eva till Bror som fortfarande låg medvetslös i gruset.

"Med de orden är det nog bäst att han klarar sig" sa Jörgen

och tog varligt bort henne i samma veva som ambulanspersonalen anlände.

"Varför kan han inte hålla sig ifrån trubbel. Kan du förstå det?" sa hon med tårar i ögonen och med en röst som inte riktigt bar.

"Oro dig inte, det kommer att gå bra" sa Jörgen och höll varsamt om henne.

Ambulanspersonalen tog med de skadade och åkte mot Borås. Eftersom Bror och mannen från kontoret verkade vara i bättre skick fick de vänta på nästa ambulans. Eva ville följa med Bror men motades bort av personalen. Platserna i ambulansen måste prioriteras till de skadade och sjukvårdspersonal. Alla skulle köras in till Borås.

Eva och Jörgen lämnade över brottsplatsen till sina kollegor och åkte sedan ut till olycksplatsen för veteranbilen. Kollegan berättade att passageraren hette Marcus Almquist och att den person som sprang ifrån bilen Johan Almquist. Marcus hade lämnat en ganska utförlig redogörelse och var djupt olycklig för hur allt hade utvecklat sig. De skulle bara skrämmas hade han trott men Johan hade enligt honom flippat ur. Marcus hade även han körts vidare in mot Borås i en ambulans.

Jörgen körde in Eva till Borås sjukhus. De sprang in till akutmottagningen och Eva frågade efter Bror. Läkarna berättade att han skulle klara sig men man visste inte om han skulle få några framtida men, av avgasförgiftningen. Roger som man funnit inne i kontoret skulle klara sig men de övriga tre låg på intensiven och deras tillstånd var kritiskt. Däremot fick de inte prata med vare sig Bror eller Roger. Bägge skulle under morgondagen transporteras in till Östra sjukhuset i Göteborg.

"Frustrerande att man inte förstår hela historien. För att få klarhet i det behöver vi prata med både Marcus, Bror och Roger. Men det kan vi inte göra förrän imorgon. Har vi några nyheter om Johan Almquist?" undrade Jörgen.

"Han är efterlyst. Han kommer inte att kunna hålla sig undan speciellt länge. Sedan får vi se om de ska åtalas för mord eller mordförsök."

225

Jörgen körde Eva hem till hennes föräldrar i Partille. Hon ville inte komma hem ensam till hennes och Brors lägenhet i Majorna. Skönt att mamma och pappa fanns nära intill. Det var i den här typen av situationer som det var så himla bra. Dessutom var hon nära Östra sjukhuset. Bror skulle ju komma dit med sjuktransport imorgon.

Hennes föräldrar var tagna av allt hon varit med om, men hon orkade inte berätta alla detaljer. Hennes mamma bäddade ner henne i gästrummet och Eva var på nytt som en liten flicka hemma i mamma och pappas vård.

43

Polishuset
Fredag

Eva kom in till kontoret strax efter tio. På morgonen hade hon åkt in till sjukhuset och hälsat på sin älskade Bror. Han var svårt medtagen men orkade ändå berätta vad som hänt. Som hon och Jörgen anat hade han försökt flytta de medvetslösa konsulterna till kontoret där luften var bättre när han segnade ner.

Läkaren kom och berättade att de skulle göra några kompletterande undersökningar men han var säker på att han skulle bli helt återställd. Han skulle få åka hem på eftermiddagen.

"Hur är tillståndet för de övriga?" undrade Eva.

"Det kan jag inte berätta för dig" sa läkaren men när hon visade sin polislegitimation berättade han att läget var ganska lovande för en av männen men kvinnan och de övriga två var i kritiskt läge och låg på intensivavdelningen. Dagen skulle visa hur det skulle gå.

"Har ni fått tag på Johan och Marcus?" undrade Bror.

Eva berättade kort om Jörgens biljakt och sa att Marcus satt i häktet inne i Göteborg och att Johan var efterlyst. Hon lovade komma och hämta hem honom någon gång på eftermiddagen. Då skulle hon säkert ha mer information. Hon kramade om honom länge och åkte vidare in till polishuset.

Jörgen mötte upp henne i receptionen och berättade att de genomfört ett första förhör med Marcus på morgonen. Eva berättade vad hon fått fram från Bror och historierna stämde bra överens. Marcus var djupt olycklig, han hade trott att de bara skulle skrämmas men Johan hade blivit helt förbytt när den där kvinnan inte visade någon ånger. Då hade han tagit beslut om att löpa linan fullt ut. De hade bråkat utanför porten, Marcus ville inte vara med om mord, sedan fick de panik när Eva och Jörgens bil dök upp varpå de kastade sig in i bilen och flydde från platsen.

"Jag tror Marcus när han säger att de bara skulle skrämmas. Men det var Johan som skrev breven, där är han väldigt tydlig med att han tänker döda konsulterna. Det är ju inte säkert att Johan vågade berätta för Marcus vad han tänkt, eller vad tror du?

"Jo, det kanske stämmer, vi får se vad förhören i nästa vecka ger. Har vi några nyheter från sjukhuset?" undrade Jörgen.

"Bror är nästan helt återställd. De ska köra igenom några undersökningar och han får komma hem i eftermiddag. Roger som hittades inne i kontoret är medtagen men kommer att klara sig. De övriga tre ligger inlagda på intensiven."

"Du vet att vi måste förhöra Bror också."

"Ja, men det kan ni göra på måndag" sa Eva och Jörgen nickade till svar.

"Vi vet fortfarande inte om vi pratar om mord eller mordförsök. Vilken otäck historia."

"Har vi några nyheter om Johan?" undrade Eva.

"Ja, han har anmält sig själv vid Halmstad polisstation och är på väg hit i polistransport just nu. Vi kommer att kunna förhöra honom direkt efter lunch. Vill du vara med på det?" frågade Jörgen.

"Nej, jag tar eftermiddagen ledigt om det är okej för dig. Jag känner mig tagen efter allt som hänt. Sedan vill jag hämta hem Bror och i lugn och ro skälla ut honom för att han alltid ställer till det för sig" sa hon och skrattade en aning, fast lite ansträngt kunde Jörgen se.

Evas chef kom förbi för en gemensam lunch med henne och Jörgen. Han uppmanade henne att ta det lugnt och mer eller mindre beordrade henne att gå hem och ta måndag och tisdag ledigt. Samtidigt bad han henne lite ironiskt att hälsa till sin lilla privatdeckare. Han hade förhindrat i alla fall ett mord, eventuellt fler.

Strax före tre på eftermiddagen kom Eva fram till Östra sjukhuset för att hämta hem Bror, Till sin förvåning hade han besök. Det var Birger, hans chef från Kindblom & Thorning samt en kvinna, drygt trettio år gammal.

"Hej det är jag som är Sandra, vd på Haverborgs. Jag ville åka hit och hälsa på sjuklingen, hoppas du inte misstycker?"

"Hej, jag det är jag som är Eva, Brors sambo och kriminalkommissarie. Det har kanske Birger redan berättat?"

"Jo, Sandra är informerad. Din fästman har svårt att låta bli arbetet trots att han ligger på sjukhus. Han ringde mig och ville träffas. Sandra var på besök så jag tog med henne" svarade Birger.

"Hur kommer det sig?" undrade Eva och vände sig både till Bror, Birger och Sandra.

"Bror berättade att han inte ville fortsätta med personalrekonstruktioner längre. Han var väldigt tydlig och sa att om han inte kunde slippa det omgående skulle han säga upp sig" förklarade Birger.

"Jag har lovat att hålla mig i skinnet" sa Bror och log snett.

"Kanske det, å andra sidan så har du hamnat i trubbel flera gånger innan du började med den här typen av uppdrag" sa Eva och skakade på huvudet. "Det är inte vad du jobbar med som är viktigt utan att du själv kan hålla dig undan" sa Eva och hon kunde se hur Sandra tittade undrande på henne. Hon visste tydligen inte om hans tidigare eskapader.

"Bror får berätta om sina tidigare äventyr när han kommer tillbaka till Haverborgs" sa Birger och vände sig till Sandra.

"Men skulle han inte sluta ute på Haverborgs omgående sa ni?"

"Det ska han, men han ska hjälpa Sandra att ta in ett nytt datasystem för kundsupport som du säkert vet och det uppdraget har vi kvar. I övrigt har vi inom företaget kommit överens om att avveckla vårt nya affärsområde. Vi ska inte längre arbeta med organisationsstruktur. Ett beslut som jag tror både jag själv och Bror är nöjd med. Den här historien har gjort mig gråhårig på kort tid och det är det inte värt. Har jag inte rätt?" sa han och vände sig undrande till Bror.

"Du känner mig bra. Med ditt nya inriktningsbeslut ser jag fram emot att arbeta vidare" sa Bror och log med hela ansiktet.

"Du är välkommen tillbaka till oss när du vilat upp dig. Vi är många som uppskattat det arbete du utfört" sa Sandra.

"Nu ska vi åka hem. Det finns en sak som du och jag ska göra tillsammans ikväll" sa Eva och log lite underfundigt.

"Det vet jag inte om jag orkar" sa Bror generat

"Du är alldeles för enkelspårig. Det är inte det som jag har planerat för ikväll" sa Eva och log brett.

44

Furuskog
Lördag

Nu satt de på bussen ut till Furuskog igen. Ikväll skulle det bli stor middag hemma hos Brors föräldrar. Även Evas föräldrar samt Erik och Myran skulle dyka upp.

Bror var fortfarande tagen efter händelsen utanför Köttkulla. Läkaren hade sjukskrivit honom i en vecka och han skulle tillbaka på undersökning flera gånger den närmsta veckan för att kontrollera att det inte uppstått några långvariga biverkningar.

Jörgen hade hört av sig på fredag kväll och återgett förhöret med Johan. Precis som Marcus berättat var det Berits totala avsaknad av empati och ånger inför vad hon gjort som fått Johan att gå vidare mot vad som blev ett mordförsök. Även han hade dåligt samvete för vad han gjort, främst mot de tre männen som han inte ansåg hade lika stor del i det som hänt som den där gräsliga kvinnan, som han uttryckte det. Han hade visat en avsky mot Berit som utan tvekan avslöjade att han tyckte hon förtjänade att dö.

Sjukhuset hade hört av sig och meddelat att alla skulle klara sig, men allvarliga långsiktiga biverkningar gick inte att utesluta. Brors insats hade troligen räddat livet på fyra personer.

Men nu var historien över och nu skulle de njuta av en trevlig middag i goda vänners lag.

När de kom fram var de sist på plats. Drinkar och tilltugg var redan uppdukat och de bjöds in att sätta sig ner. Alla var givetvis bekymrade över Brors avgasförgiftning men han sa att allt var bra. Han skulle fortsätta gå på kontroller den närmaste veckan, bara för säkerhets skull. Eva styrde över samtalet till Erik och Myran som fick berätta om hur de kommit till rätta i Jönköping och Eva gav en redogörelse för Jovanas nya bebis. Samtalet flöt på bra om allt möjligt men när de satte sig ner för kaffe efter maten gick det inte att undvika de allvarliga händelserna utanför Köttkulla.

Bror berättade att han följt efter Johans lilla röda sportbil till en verkstad i skogen utanför Köttkulla. Hur han sedan smög in och fick se och höra den Inkvisition som Johan organiserat och som sedan resulterade i att bilen startades och porten stängdes. Eva fyllde på med hennes och Jörgens undersökning av verkstäder i trakten fram till att de hittade Brors mammas bil. Den påföljande biljakten och hur de tog sig in i lokalen och lyckades få ut Bror och de fyra konsulterna.

"Vilken otäck historia, det hade ju kunnat sluta riktigt illa" kommenterade Evas mamma med handen för munnen.

"Hade inte Bror lyckats stänga av bilmotorn hade det inte gått bra" sa Eva.

"Hur gick det, klarade sig alla?"

"Ja vi fick besked igår, alla klarade sig. Däremot vet vi inte om de kommer att få några men på längre sikt. Johan och Marcus kommer att åtalas för mordförsök. Däremot går ju alla konsulterna helt fria även om många av oss tycker att de borde få något straff de med" sa Eva och skakade på huvudet.

"Jag håller med, det de gjorde för trettio år sedan var riktigt otäckt men kanske det här äventyret har lärt dem en läxa" sa Bror.

"Tror du verkligen det?"

"Jag killarna definitivt, men Berit är jag tveksam till om hon någonsin ändrar sig. En otäck människa, ursäkta att jag säger det" kommenterade Bror.

"Vet ni hur de lyckades med kidnappningarna?" undrade Erik.

"Nej, det ska mina kollegor ta reda på i de förhör som sker

nästa vecka. Själv har jag tagit ledigt och lämnar det med varm hand till min kollega Jörgen. Det enda jag har kvar att göra är att ringa Christina, konsultkollegan uppe i Strängnäs och polisen som hjälpte mig i Jönköping. Det kan jag inte lämna över till någon annan" sa Eva.

"Märkligt att en så gammal oförrätt kan skapa så mycket tragedi, helt otroligt" sa Evas pappa.

"Jag håller med. Den person som drabbats hårdast är ju Johanna som förlorade sina föräldrar. Nu förlorar hon sin pojkvän vilket inte kommer att förbättra hennes trauma. Så är det någon jag vill skänka mina tankar så är det till henne. Hoppas hon blir frisk och kan lägga det här bakom sig för gott" sa Bror med eftertryck.

Det blev tyst en längre stund och alla begrundade Brors ord. Så tog Myran till orda för att bryta dödläget som uppstått.

"Min kollega Gunvor hälsar. Hon fick höra nyheten igår och förstod att det gällde den förhandling som hon varit delaktig i. Hon hälsar speciellt till dig, Bror. Du fick ju bra omdöme från Haverborgs via Johan och Marcus" sa Myran.

"Jag pratade med Malin, Katrin, Olle och Jovana igår och de hälsar också. Alla hoppas du håller dig i skinnet och undviker trubbel i framtiden" la Erik till.

"Ja, du är ju duktig i att ställa till det för dig?" kommenterade Evas mamma och vände sig till Bror.

"Det har du rätt i. Å andra sidan var det också så vi träffades, jag och Eva. Så det har inte bara varit dåligt."

"Ja, det stämmer det med. Nu får det vara slut på de här äventyrliga eskapaderna. För om några månader måste han ta ansvar för ytterligare en liten person" sa Eva och la handen mot sin mage.

Bror såg hur glada hans och Evas föräldrar blev av den överraskande nyheten. Hon blev direkt överöst med frågor om hur långt gången hon var och när barnet skulle komma. Skulle de bo kvar i sin lägenhet eller skulle de hitta något större? Mådde hon illa? Hade hon fått smak för någon konstig mat? Frågorna tog aldrig slut.

Bror såg att även Myran och Erik gladdes, men han såg också att de kände sig lite utanför, nu skulle alla i kompisgänget få barn. Olle och Jovanas nyfödda, Malin och Katrins adoption och nu Bror och Evas kommande. Men det här är ju en del av livet. Allt har sin tid, kompisfester i ungdomen och sedan träffar med småbarn. När barnen flyttat ut blev det kanske träffar bara med kompisarna på nytt. Om de nu skulle hålla ihop så länge.

Bror lutade sig tillbaka och tänkte på fredag kväll. Det var ett graviditetstest de skulle göra tillsammans och inget annat. Eva hade känt det på sig men ville att de tillsammans skulle kontrollera teststickan. Med ett leende konstaterade han att det kändes bra, det kändes mycket bra. Det fick vara slut på äventyren nu.